나쁜
그림

일러두기

1. 단행본·신문·잡지·전시는 《 》, 미술작품·영화·시·논문은 〈 〉로 묶어 표기했습니다.

2. 인명 및 지명 등의 외래어표기는 국립국어원 외래어표기규정을 따랐으나, '반 고흐'같이 용례가 굳은 경우에는 통용되는 표기를 사용했습니다.

3. 이 책에 사용된 도판은 대부분 저작권자의 동의를 얻어 수록했지만 일부는 찾지 못했습니다. 저작권자가 확인되는 대로 정식 동의 절차를 밟고자 합니다.

4. 각 작품에는 작가, 작품명, 제작 기법, 실제 크기(회화는 세로×가로, 입체는 세로×가로×높이), 제작 연도, 소장처 순으로 기재했으나 일부 확실하지 않은 경우에는 세부정보를 기재하지 않았습니다. 구체적인 정보가 확인되는 대로 기재하겠습니다.

그 림 속 속살에 매 혹 되 다

나쁜
그림

유경희 지음

매일경제신문사

착한 여자는 천국에 가지만,
나쁜 여자는 아무 데나 간다.

매 웨스트(미국 영화배우)

아직도 그림이야말로 내겐 가장 완벽한, 환상의 세계에 대한 메타포다. 환상은 어쩔 수 없이 허무한 세상을 견딜 수 있게 하는 희미한 힘인 동시에 막강한 희망이다. 그중에서도 나쁜 그림은 훨씬 더 가혹하게 나를 유혹한다. 아름다운 그림, 화사한 그림, 만만한 그림보다도 치열한 그림, 치명적인 그림, 획책하는 그림이 나를 자극하고 매료한다. 마음과 정신의 표피만을 건드리는 그림도 훌륭하다. 세상에는 그 정도까지도 가지 못하는 그림이 부지기수다. 나는 내 깊은 무의식과 트라우마를 자극하는 그림을 좋아할 수밖에 없다. 그런 만남을 투셰Touche 혹은 푼크툼Punctum이라고 할 수 있는데, 나를 위해 준비된 그림이고 또 다른 나, 즉 분신인 것이다.

여기 소개하는 그림은 일상생활에서 섣불리 말하지 못하는 사실 혹은 진실에 관한 것이다. 진실은 언제나 숨김과 드러냄, 감춤과 폭로 사이에 있다. 그림이라는 예술이 진실 혹은 진리라는 것을 드러내는 방식이라고 볼 때,

그것은 은폐와 탈은폐의 변주로 나타난다. 그러다 보니 그림들은 섹슈얼하고, 에로틱하고, 폭력적이고, 관음증적이고, 탈주적이다.

이 책에는 최초의 창녀 프리네, 여자 색정광인 님프들, 남자의 바짓가랑이를 잡았지만 쿨하게 보내주는 칼립소, 엄마의 욕망을 벤치마킹한 살로메, 남편 대신 아이를 죽여 치명적인 복수극의 종지부를 찍은 메데이아, 남자보다 동물을 더 끔찍하게 사랑한 귀족 여성, 어린아이로 퇴행해 남자를 유혹하는 롤리타, 능수능란한 늙은 세이렌, 상대를 유혹하고는 차갑게 돌변하는 인어, 처녀 같은 유방을 보여주려 하는 성모마리아 등 마치 죄(?)를 범한 듯한 여성들이 등장한다. 한편 이런 여자들 때문에 고통받았던 거인 스토커 폴리페모스, 훔쳐보지 말아야 할 것을 본 죄로 눈이 먼 재단사 톰, 자신을 짝사랑하는 여자 때문에 자웅동체가 된 헤르마프로디토스, 나르시시즘에 빠진 여자를 사랑하는 남자 등 나쁜 여자들에 의해 절망적인 처지에 놓인 남자들의 이야기가 오버랩된다.

나는 그림이 보여주는 이러한 완벽한 속임수와 일탈이 좋다. 그것은 그림이 날 사유하게 한다는 뜻이고, 움직이게 한다는 뜻이고, 싱싱하게 살아 있게 한다는 뜻이기도 하다. 이것이 나를 지탱하게 해주는 미학적 윤리다. 미에 현혹되지 않는 자는 멋지다. 그렇지만 늘 미에 현혹당할 수밖에 없는 취약한 자들이야말로 사랑스럽다. 나는 훌륭한 사람이 되고 싶지 않고, 사랑받는 자 혹은 충분히 사랑하는 자가 되고 싶다. 더군다나 내가 좋아하는 그림은 내 욕망의 특이함을 사랑하게 만든다. 그림은 내가 불완전해도 괜찮다고 나를 위로한다. 아니, 오히려 그렇기 때문에 사랑스럽다고 말해준다. 그림은 항상 스스로를 사랑하는 방법을 알려준다. 그러기에 모든 그림은 대상없이도 사랑할 수 있게 해주는 최고의 최음제다.

쓸쓸함이 투명해진 초가을 아침에
최초의 집을 기다리며
풍요로운 유배지 광화문에서

유경희

C O N T E N T S

서문 5

01

차마 드러내어
말하지 못한 것들

탐닉

고디바, 숭고와 관능의 틈새

화가들은 기본적으로 관음증자들이다. 시선Eye, Look을 던지면 그 시선이 되돌아오는 것을 응시Regard, Gaze라고 하는데, 시선만 있는 것이 관음증Voyeurism, Scopophilia이다. 관음은 내가 보기만 하는 것이고, 보는 것을 모두 통제하고 있다는 느낌을 준다. 이런 주체적 시각에서 쾌감을 얻는 것이 관음증이다. 이는 상대 모르게 자기만의 상상 속에서 환락의 나래를 펼치는 아주 위태로운 감각이다. 그래서 절도 행각에 비유된다. 죄가 된다는 것이다. 왜 훔쳐보는 게 죄가 되는가? 시선으로 만지기 때문이다.

인간에게 관음증은 원초적 욕망이다. 인간(아이)이 최초로 훔쳐보고 싶은 대상은 무엇이었을까? 성적 차이에 대한 것일까? "왜 아빠 것은 엄마 거랑 달라?" 혹은 "왜 엄마 것은 아빠 거랑 달라?"라고 질문하는 것 말이다. 프로이트에 따르면 관음증적 경향은 성기를 보고 싶어 하는 성 본능에서 온 것이라고 한다. 이는 정상적 성행위에서는 중요한 역할을 한다. 그렇지만 도착적 관음증은 강박적이며 만족을 모르는 욕구와 관련되어 있다. 이것은 심각한 불안, 죄책감 그리고 피학적 행동을 가져올 수 있다.

여기 관음증의 효시가 된 사건이 있다. 관음하는 자의 속어인 피핑 톰Peeping Tom이라는 말을 생기게 한 전설적인 인물 고디바 부인 이야기다. 고디바 초콜릿으로 더 잘 알려진 고디바는 11세기 중세의 영국 코벤트리Coventry 시의 영주, 레오프릭 3세의 부인이다. 악독한 탐관오리였던 영주의 만행, 즉 과도한 세금 징수와 폭정에 시달린 백성들은 아내인 고디바 부인을 찾아가 선처를 베풀어달라고 간청했다. 기품 있는 데다 어진 심성을 가진 귀부인은 여러 차례 남편에게 호소했지만 그는 꿈쩍도 하지 않았다. 그녀는 "세금을 내리지 않는다면 나체로 말을 타고 시내를 돌아다니겠다"고 협박 아닌 협박을 한다. 영주는 불같이 화를 내며 "그래, 시장을 알몸으로 지나갈 수 있다면 그 청을 들어주겠다"고 말한다. 설마 하는 마음으로 괴이한 제안을 한 것이다.

고민 끝에 귀부인은 이 제안을 받아들이기로 한다. 결국 지혜롭고 용감했던 이 여성은 발가벗고 집을 나선다. 백성이 더 이상 불행하지 않을 수 있다면, 기꺼이 자신을 희생하기로 결심한 것이다. 영주의 아내는 다리 이외의 몸을 머리카락으로 감싸고 말을 탄 뒤 이 신성한 순례를 실행하고야 만다. 온 백성들은 감동했다. 부족할 것 없는 영주 부인이 비천한 자신들의 안위를 지켜주기 위해 수치심과 모멸감을 무릅쓴다는 건 기적에 가까운 일이었기 때문이다.

이 소식은 코벤트리 전 지역에 퍼지고, 기쁨에 찬 백성들은 그녀의 높은

쥘 조제프 르페브르, 〈고디바 부인〉
캔버스에 유채, 1890년경

뜻을 존중하여 거사가 행해지는 날에는 어느 누구도 외출하지 않는 것은 물론 바깥조차 내다보지 않기로 약속한다. 마침내 거사가 진행되던 날, 지역민들은 너 나 할 것 없이 집집마다 창문을 닫고 커튼을 내렸으며 문을 걸어 잠갔다. 고귀한 부인의 몸을 훔쳐볼 수 없다는 엄숙한 결의였다. 결국 부인은 해내고야 말았으며, 그녀의 용기 있는 행동에 놀라고 감동받은 남편이 세금을 경감하는 등 선정을 베풀어 코벤트리 사람들은 행복하게 살았다는 이야기다. 공동체를 위한 고디바 부인의 결정은 숭고한 것이었고, 지역의 공동체는 또 다른 공동체적 윤리의식으로 그녀에게 보답한 것이었다. 훗날 '고다이버즘'은 관습과 상식을 깨는 정치 행동을 뜻하는 말이 되었다.

그런데 이게 끝이 아니다. 고디바 부인의 순례 때 누구도 그 광경을 보지 않겠다고 약속했건만, 꼭 금기를 어기는 자는 있기 마련이다. 누구였을까? 바로 고디바 부인의 재단사인 톰이었다. 그는 궁정 소속의 패션디자이너였던 것 같다. 아마 그는 어린 영주 부인의 옷을 만들 때마다 부인의 몸을 직접 보고 싶은 충동을 느꼈을 것이다. 그렇게 그는 관음하는 자를 나타내는 속어인 피핑 톰, 즉 '훔쳐보는 톰', '엿보는 톰'이라는 말이 생겨나게 한 장본인이 되었다. 영주 부인의 몸을 훔쳐보던 톰은 결국 어떻게 되었을까? 전설에 따르면 그는 천벌을 받아 눈이 멀었다고 한다. 보지 말아야 할 것을 본 대가는 컸다. 절시증의 대가로 받은 가장 가혹한 형벌이었다. 더군다나 아름다

에드먼드 블레어 레이턴, 〈고디바 부인〉
캔버스에 유채, 1892년

GODIVA

SHE RODE FORTH CLOTHED ON WITH
CHASTITY, THE DEEP AIR LISTEN'D ROUND
HER AS SHE RODE AND ALL THE LOW WIND
HARDLY BREATHED FOR FEAR

움을 가꾸는 재단사가 눈이 멀었으니 그는 산송장으로 살게 된 셈이다.

영국 예술가들이 이 좋은 소재를 놓칠 리 없었다. 고디바 부인을 소재로 한 그림은 여러 점 있지만, 그중 제일 아름다운 것으로 평가되는 그림이 있다. 바로 영국 빅토리아시대에 활동했던 신고전주의 화가인 존 콜리어John Collier의 〈고디바 부인〉이다. 찰스 다윈이나 토머스 헉슬리 같은 당대 유명인을 그린 뛰어난 초상화가였던 존 콜리어는 엄격하고 균형 잡힌 구도와 명확한 윤곽을 중시하던 고전주의적 조형 방법으로 특유의 섬세하고 이상적인 아름다움을 기막히게 구현했다.

화면 전체를 차지하는 말과 붉은색 안장에 앉아 있는 고디바 부인. 이 숭고한 신념을 가진 귀부인의 나이는 당시 겨우 열여섯밖에 되지 않았다. 아직 인생을 알기에는 너무 어린 영주 부인의 몸은 아주 아담하고 순수하고 연약하게 그려졌다. 육감적인 풍만한 여체가 아니어서인지 더욱 순결해 보이기까지 한다. 고개를 숙인 채 탐스러운 머리카락과 손으로 몸을 가린 그녀는 수치심에 다소 몸을 떨고 있는 듯 보인다. 하지만 말을 덮고 있는 붉은색 천은 그녀의 고귀한 신분과 희생정신을 강조해주는 듯하다. 고요하다 못해 숨죽인 적막한 건물들을 보라. 그녀가 빨리 지나가기만을 바라는 듯 시간이 멈추어 있다.

하지만 그들 중에 훔쳐보고 싶은 욕망을 이기지 못한 톰이 있었고, 그 욕망을 누르고 있는 또 다른 톰인 우리들이 있을 것이다. 지금 우리가 톰보다 낫다고 할 수 있는가? 우리는 마음 놓고 더욱 뻔뻔스럽게 귀부인의 나체를 훔쳐보고 있지 않은가? 사실 정신분석학에서는 관음증도 긍정적인 방향으로 승화되어 쓰일 수 있다고 한다. 이를테면 과학적 호기심이나 예술적 창조성으로 전환할 수 있는 충분한 가능성이 있다는 것이다.

벨기에 브뤼셀에서 만든 90년 전통의 고급 초콜릿 브랜드 고디바의 이름 또한 고디바 부인의 숭고한 정신에 경의를 표하며 지어진 것이라고 한다. 전설적인 스토리에는 민중의 바람이 깃들어 있는 법이다. 실제로 영국 중부 지역에 위치한 코벤트리 시의 대성당 앞에는 말을 탄 고디바 부인 동상이 서 있다. 그리고 이곳에서는 해마다 그녀를 기리기 위한 고디바 축제가 열린다.

복수심

세상 에서 가 장 치 명 적 인 사 랑 이 자 증 오

　　메데이아Medeia는 그리스 비극을 통틀어 가장 잔인한 여성으로 손꼽힌다. 그리스 3대 비극작가 중 한 사람인 에우리피데스Euripidēs의 〈메데이아〉는 세상에서 가장 치명적인 복수극으로 알려져 있다. 언제나 우리의 환상을 자극하는 고대 그리스의 원형극장에서는 기원전과 마찬가지로 지금도 여전히 이 연극이 상연된다고 한다. 남편의 불륜에 대처하는 한 여인의 선택을 다루고 있는 이 이야기는 우리가 통상 생각하는 어머니 혹은 모성에 대한 고정관념을 파괴한다. 메데이아는 남편의 배신을 겪은 뒤 어떤 선택을 한 것일까?

　　메데이아는 콜키스의 왕 아이에테스의 딸이자 태양신 헬리오스의 손녀다. 마법사였던 메데이아는 영리하고 자존심과 질투심이 강한 여자였다. 그런 그녀가 사랑에 눈이 먼 사건이 발생한다. 바로 그 유명한 아르고호 원정대를 이끌었던 영웅 이아손을 만난 것이다. 이아손은 그리스 고대 도시인 이올코스의 왕 아이손의 아들이었다. 이아손은 아버지의 의붓형제 펠리아스가 왕위를 찬탈하자 죽을 위기에 놓이게 되나 도망쳐 기적적으로 목숨을 건진다. 어른이 돼 이아손은 이올코스로 돌아가 왕국을 되찾으려 했지만,

펠리아스는 이아손을 사경으로 내몰기 위해 황금 양털을 가져와야만 왕위를 물려주겠다고 말한다. 황금 양털은 메데이아가 사는 콜키스에 있었고 절대로 잠들지 않는 사나운 용이 지키고 있었다.

이아손은 명장 아르고스에게 정교한 배를 건조하라고 요청했고, 그의 이름을 따서 아르고호라고 불렀다. 이아손은 헤라클레스와 오르페우스, 테세우스 등 당대의 유명한 영웅들을 불러 아르고호 원정대를 만들었다. 갖가지 모험을 겪은 뒤 이아손 일행은 결국 콜키스에 도착한다. 콜키스의 왕이자 메데이아의 아버지인 아이에테스는 황금 양털을 원하는 이아손에게 어려운 과제를 내준다. 그 와중에 아이에테스의 딸 메데이아는 이아손을 보자마자 사랑에 빠졌고, 갖은 마법을 부려 이아손이 황금 양털을 갖도록 도왔다.

메데이아는 아버지의 분노를 피하기 위해 이아손과 함께 달아났다. 그런데 메데이아는 왕궁을 떠나면서 이복동생 압시르토스를 납치했다. 아버지가 추격해오자 남동생을 죽여 사지를 하나씩 바다에 던졌다. 죽은 자를 성대하게 장례해주는 것이 고대 그리스인들의 가장 중요한 도리였기에 메데이아는 시신을 수습해야만 했던 아버지를 따돌릴 수 있었다. 이아손은 황금 양털을 가지고 금의환향했지만, 펠리아스는 쉽사리 왕위를 내주지 않았다. 이때에도 메데이아는 펠리아스를 젊게 만들어주겠다며 마법을 부려 살해한다.

그 죄로 이아손과 메데이아는 코린토스로 추방되었고 이곳에서 두 아들을 낳으며 10년을 지낸다. 그렇지만 행복은 그리 오래가지 않았다. 메데이아에게 싫증이 난 이아손은 코린토스의 공주 글라우케와 결혼하기 위해 메데이아에게 이혼을 요구한다. 그러면서 자신의 유일한 목적은 왕가의 딸과 결혼해 그녀로부터 태어난 아이들이 메데이아의 아이들과 형제가 되게 함으로써, 경제적으로 부족함 없이 왕가의 격에 맞는 삶을 누리도록 하기 위한 것이라고 메데이아를 설득한다.

사실 메데이아는 코린토스 사회에서는 타자에 불과했다. 고대 그리스에서 여성은 사회, 경제, 정치 영역에서 철저히 배제된 주변적인 타자에 지나지 않았다. 당시 여성은 아이를 양육하고, 요리를 하고, 옷감을 짜고, 재물을 간수하는 등 가정사를 담당했을 뿐 독자적인 욕망을 추구하는 자율적 존재가 아니었다. 더군다나 메데이아는 마치 식민지 국가에서 온 유색인종 여성처럼 소외되고 배제된 존재였을 것이다.

메데이아는 남편의 요구를 들어주는 척하지만, 내심 심각한 복수극을 꿈꾼다. 메데이아는 약혼녀 글라우케를 죽이고, 남편 이아손도 죽이겠다는 결심을 한다. 그러나 이 상황이 너무나 뻔한 치정극이 되어버린다고 생각했는지, 남편 대신 자신의 두 아들을 죽이기로 결심한다. 이야말로 이아손을 가장 큰 고통에 빠뜨리는 것이라는 생각에 이른 것이다. 가부장적 이데올로기가 강했던 고대 그리스에서 집안의 혈통을 잇는 후손이 없는 상태로 죽는다는 것은 가문의 크나큰 수치요, 남자의 자존심을 짓밟는 일이라는 사실을 그녀는 너무나 잘 알고 있었다. 메데이아는 남편을 죽이기보다 남편이 가장 애착을 갖는 대상을 제거하여 그를 보다 더 큰 고통 속에 살아가게 하고 싶었다.

현대 사회에도 여전히 수많은 메데이아가 존재하는 것 같다. 이혼하면서 아이들을 남성들에게 맡기고 나오는 여성들이 있다. 남편에게 양육을 떠넘기면서 자기의 부재에 대한 혹독한 대가를 치르라는 메시지가 담겨 있는 것이다. 오늘의 여성들은 메데이아처럼 자식을 진짜로 죽이지는 않지만, 남편에 대한 증오심을 자식에게 심어주는 경우가 적지 않다. 그로써 여자는 자식과 아비의 관계를 아예 단절해버리는 역할을 한다. 그것이 바로 상징적으로 남편과 자식을 살해하는 일이 아니고 무엇이겠는가!

이아손의 비열한 행동 역시 마땅히 심판받아야 한다. 이아손은 두 번 모두 사랑이 아니라 권력을 선택했던 남자다. 여성을 통해 신분 세탁을 하려 했던 치졸한 인간이었다. 〈메데이아〉는 이런 인간의 말로가 어떤지 극명하게 보여주는 비극적 스토리가 아닐 수 없다. 한편 이 비극은 전리품처럼 여겨진 메데이아의 인격을 무시하고 자신의 이익을 위해서라면 배반을 일삼고 이를 정당화하는 서양적인 주체의 오만을 이아손이라는 인물을 통해 보

귀스타브 모로, 〈이아손과 메데이아〉
캔버스에 유채, 204×121.5cm, 1865년, 파리 오르세미술관

여주고 있다는 시각도 있다. 그런 의미에서 이아손에게 복수하기 위해 자식을 살해한 메데이아의 행위는 그 자체로 처절한 저항의 몸짓일 수 있다.

　많은 화가들은 메데이아가 마법사라는 사실에 매료되었다. 그녀를 그린 그림 역시 마법의 일종이라고 생각했을 것이다. 그래서인지 화가들은 마법을 부리는 존재로서의 메데이아를 많이 그렸다. 또한 무의식적으로 여성의 유혹이라는 마법에 걸려 헤어 나오지 못했으면 하는 바람을 가진 남성들의 마조히즘적 속성을 반영한 것인지도 모른다. 마법을 부리는 메데이아를 표현한 가장 유명한 그림 중 하나는 라파엘전파의 화가, 안토니 프레더릭 샌더스의 〈메데이아〉이다. 또 하나는 바로 아들을 죽이려고 하는 순간, 메데이아의 심리를 표현한 그림이다. 특히 낭만주의 시대에 활동한 외젠 들라크루아의 작품 〈분노하는 메데이아〉는 드라마틱한 묘사가 인상적이다.

　샌더스는 남편인 이아손의 이혼 요구를 들어주는 척하면서 약혼녀인 글라우케의 예복을 짜는 실에 마법을 부리는 이국적인 모습의 메데이아를 그렸다. 메데이아의 입술에서는 탄식이 들리는 듯하다. 오른손은 가슴을 쥐어뜯으며 통탄하고 있다. 두꺼비 옆에는 이집트에서 숭배하던 파괴와 재생의 여신 세크메트가 보이고, 눈부신 황금색 벽지를 이집트 문양과 일본 판화에서 빌려온 도상으로 장식했다. 화면은 질투를 상징하는 노란색으로 칠해져 있다. 너울이 한 쌍의 두꺼비는 섹스와 질투의 불가분성을 보여준다. 이 모두는 질투와 분노로 광란에 빠진 메데이아의 심리 상태를 대변한다.

들라크루아는 두 아이를 품에 안은 채 막 아이들을 살해하기 직전의 메데이아를 묘사했다. 어두운 동굴 속은 그녀의 참담한 심경을 상징하고, 외부로 향한 그녀의 시선은 이 비극을 말리러 달려오는 이아손의 모습을 추측하게 한다. 메데이아의 얼굴 중 특별히 눈이 그늘져 있다는 것 역시 그녀가 제정신이 아닌, 광기 어린 절박한 순간에 놓여 있음을 암시하는 것이리라.

사실 이 그림은 낭만주의 시대의 사랑관을 여실히 보여준다. 자신을 아낌없이 내어주고 불태우는 사랑, 오직 사랑에 목숨을 걸기 때문에 자식보다는 남편에게 광적으로 집착할 수밖에 없는 여자를 묘사한 것이 아니겠는가!

고혹

은빛 여우들, 늙은 세이렌

"원래 어스름 저녁에 먹는 음식이 제일 맛있는 법이다."

역사적으로 늙은 세이렌들을 좋아했던 프랑스인들의 속담 중 하나다. 프랑스 대통령 에마뉘엘 마크롱과 그의 아내가 화제다. 무려 스물네 살이나 나이 차가 난다는 점, 그리고 두 사람이 고등학교 때 연극을 지도하던 선생과 제자로 만났다는 점 때문에 더욱 세간의 관심을 받았다. 아들을 가진 엄마들은 수년 전 김희애와 유아인이 주인공으로 나왔던 JTBC의 드라마 〈밀회〉를 시청할 때와 비슷한 거부감과 저항감을 느끼는 것 같다. 반대로 인생에서 산전수전 다 겪은 여성들은 아직 자신의 인생에 또 다른 우연한 모험이 닥칠 수도 있다는 묘한 흥분을 드러내기도 한다.

프랑스는 유혹에 관한 담론이 넘쳐나는 나라다. 특히 나이 어린 남자와 나이든 여자의 사랑에 유독 관대한 편이다. 1980년대의 소설가 마르그리트 뒤라스는 40대 남성과의 사랑을 담은 자전소설 《이게 다예요》를 통해 자신의 솔직한 심경을 드러냈다. 더 멀리 가면, 프랑스의 국왕 앙리 2세는 자기보다 무려 스무 살 연상의 여인을 애첩으로 두었다. 디안 드 푸아티에라는 이 여인은 무척 오랫동안 앙리 2세이 사랑을 받은 것으로 유명하다. 아주 못

생긴 소설가이자 쇼팽의 연인이었던 조르주 상드도 쇼팽과 만나기 전후로 나이 어린 연인들을 여럿 두었다. 그뿐 아니다. 르누아르, 드가, 로트레크의 모델로도 활동했던 화가 쉬잔 발라동은 아들의 친구와 사랑에 빠졌고 아들과 셋이서 살기도 했다.

먼저 젊은 왕비를 제치고 왕을 독점한 앙리 2세의 정부 디안 드 푸아티에는 어떤 여자였기에 왕의 사랑을 독차지할 수 있었을까? 그는 어린 시절 아버지의 사랑을 듬뿍 받았으며, 보통의 여자아이들과는 달리 승마와 사냥을 즐기며 선머슴처럼 자라났다고 한다. 그리고 나이가 들어서는 귀족 소녀들을 위한 최고의 교육을 받았다. 그러다 이탈리아 르네상스 문화를 수입해 만든 퐁텐블로성에서 디안이 두각을 드러내기 시작했다.

사실 디안은 타고난 미인은 아니었다. 기다란 얼굴과 얇은 입술, 속눈썹이 없는 눈, 매부리코를 갖고 있었다. 그래도 피부만큼은 천연두 자국 하나 없이 깨끗했다고 전해진다. 그런 그녀는 심금을 울리는 비가悲歌를 불러 박수갈채를 받는가 하면, 뛰어난 위트로 무장한 대화술로 좌중을 압도했다. 자신보다 마흔 살이나 나이 많은 귀족과 결혼한 디안은 15년 만에 남편이 죽자 명실상부한 대저택의 주인이 되어 부와 권력과 매력을 두루 갖추게 되었다. 열일곱 살의 앙리 2세는 서른일곱 살의 그녀와 처음 성관계를 맺은 이후로 다른 여자들을 거들떠보지 않았다.

앙리 드 툴루즈 로트레크, 〈숙취〉
캔버스에 유채, 47×55.3cm, 1887~1889년, 하버드대학교

디안은 수줍고 소심한 앙리가 자신의 껍질을 깨고 나와 쾌활한 면모를 드러내도록 적극적으로 조종하고 지도했다. 그녀는 왕족과 매춘부, 수녀원장과 유혹녀, 자애로운 귀부인과 억척스러운 여인 등 극단적으로 다른 역할을 연기하듯 자유롭고 신나게 연출했다. 스스로도 자신을 최고로 여겼고, 젊음의 신이자 사냥의 여신인 아르테미스(다이애나)를 자신의 수호신으로 삼았다. 더불어 화가를 고용해 자신을 영원히 늙지 않는 '사냥의 여신'으로 묘사하게 해 불멸을 꾀했다. 앙리는 이런 신화적 인물로 화한 디안을 반쯤은 여신이라고 생각했던 것 같다. 다이애나로 분한 디안은 당당한 동시에 수줍고, 정숙한 동시에 고혹적이다.

19세기 말에서 20세기 초반의 벨 에포크La Belle Époque, 즉 좋은 시절 당시 서커스 무희 출신의 화가 쉬잔 발라동도 마흔네 살의 나이에 자기 아들보다 어린 스물세 살의 앙드레 위테르Andre Utter와 사랑을 나눴고, 동거하면서 함께 그림을 그렸다. 세탁부의 사생아로 태어난 발라동은 물랭루주에서 곡예사로 이름을 떨치던 중 사고로 크게 부상을 당했다. 이후 세탁부로 일하면서 몽마르트르 화가들의 모델이 되었다. 그녀는 스무 살이 되지 않은 어린 나이에 자신처럼 사생아로 태어난 어린 아들을 데리고 홀어머니를 모셔야만 했다. 발라동은 약간 사시였지만 크고 푸른 눈과 뚜렷한 눈썹을 가졌고 몸매가 뛰어났으며 삶의 희로애락을 아는 표정을 지녔다. 이런 발라동의

풍텐블로파, 〈사냥꾼 아르테미스〉
캔버스에 유채, 191×132cm, 1550년, 파리 루브르박물관

분위기는 많은 예술가들을 압도했다. 음악가 에릭 사티Erik Satie가 평생 그녀에게 목을 맸고, 앙리 드 툴루즈 로트레크도 그녀와 결혼할 뻔했다. 노년의 피에르 오귀스트 르누아르도 그녀를 주요 그림의 모델로 쓸 만큼 애정이 깊었다.

발라동이 마흔네 살이 되던 해인 1909년, 그는 자신의 아들 모리스 위트릴로의 친구인 앙드레 위테르를 만나면서 새로운 창작 열정을 갖게 된다. 당시 발라동과 위트릴로 그리고 위테르가 한 지붕 아래 산다는 사실 자체가 놀라웠기에 파리에 소문이 자자했다. 누드화라고 하면 당연히 남성 화가가 여성 모델을 대상으로 그리는 것으로 생각하던 시기에 발라동은 위테르와 서로 알몸으로 모델이 되어 그림을 그렸다.

발라동이 위테르의 알몸을 그린 작품이 바로 〈아담과 이브〉이다. 여성 화가가 누드화를 그리는 것이 금기시되던 시절임을 감안하면 발라동의 작품은 매우 도발적이다. 그도 그럴 것이 여성은 음부를 드러내고, 남자만 무화과 잎으로 음부를 가렸다. 여성은 선악과를 따고, 남성은 그것을 따는 이브의 손길을 말리고 있다. 여성의 이 거침없는 도전과 모험이야말로 남성들에겐 언제나 크나큰 유혹이자 두려움이다.

쉬잔 발라동의 진정한 매력은 당시 귀족과 중산층 여성들과는 달라도 너무 다른 '자유로움'에 있었다. 그녀의 거침없는 태도는 이른바 '산전수전공

쉬잔 발라동, 〈아담과 이브〉
캔버스에 유채, 162×131cm, 1909년

중전'을 모조리 겪은 데서 온다. 발라동은 열한 살에 학교를 그만두고 닥치는 대로 일을 해서 먹고살아야만 했던 소녀 가장이었다. 이를테면 공장의 직조공, 웨이트리스, 곡예사, 세탁부 등 온갖 궂은 일로 다져진 삶을 살았고, 그 혹독하고 잔인했던 시절이 그녀에겐 더할 수 없이 치명적인 유혹의 원천이었다. 더 이상 잃을 것이 없을 정도로 밑바닥 인생을 겪은 자만이 가지는 풍요로운 여유!

지금까지 왜 사람들은 늙은 여성들에게 적의를 보냈던 것일까? 수세기 동안 서양 문화에서는 가임기가 지난 여성들에게 심술궂은 노파, 폐경기에 접어든 반백의 억척스러운 여자, 성적 매력이라고는 눈곱만큼도 찾아볼 수 없는 추레하고 못생긴 여자라는 오명을 씌웠고, 심심풀이와 우스갯소리의 대상으로 삼아왔다. 이러한 중상모략의 배후에 숨어 있는 의도는 불을 보듯 뻔하다. 나이든 여성들은 젊은 여성들에게는 도저히 당해낼 수 없는 경쟁자요, 남성들에게는 경계의 대상이기 때문이다. 대부분의 '위험한 여성'들과 마찬가지로 그들 역시 기존의 헤게모니를 위협한다. 나이든 여인들은 폐경기 여성만이 누릴 수 있는 위험한 자유, 즉 가정의 굴레를 벗어나 여기저기 돌아다니며 마음껏 즐길 수 있는 자유를 가지고 있기 때문이 아닐까.

젊은 남자와 나이든 여자의 사랑에서 진정한 승자는 누구인가? 일반적인 견해와는 상반되게 남성이 훨씬 더 많은 혜택을 누린다. 먼저 젊은 남성은 늙은 여자에게 삶의 지혜를 배운다. 인생의 선배가 알고 있는 능수능란한 삶의 전술전략을 벤치마킹할 수 있다. 게다가 성적으로 완숙한 여인에게서 남성은 노련한 성적 기교와 풍요를 맛본다. 헤어 나올 수 없는 강력한 유혹인 것이다. 이처럼 나이든 여성들은 얼굴의 주름살을 펴지 않고도 아름다운 외모를 갖춘 소녀조차 부러워할 만큼 여러 남성들을 정복했다. 무르익은 인격, 충만한 정신, 원시적인 지혜, 자유로운 연애관과 노련한 성 경험, 어머니 같은 너그러움, 지위, 돈, 황혼의 초연함까지. 이것들은 가장 강력한 최음제일 수 있다. 영어로 쭈그렁 할멈Crone과 왕관Crown은 어원이 같다는 점도 생각해볼 일이다.

죽음

부재의 미학이 만들어낸 전설의 미인

우리가 피렌체에 가는 이유 중의 하나는 시모네타 베스푸치 때문이다. 이렇게 말하는 건 지나친 편애일까? 서양미술사에서 가장 아름다운 그림 하나를 꼽으라면 어김없이 떠오르는 유명한 그림 중 하나가 〈비너스의 탄생〉일 것이다. 〈비너스의 탄생〉은 르네상스 미술사상 가장 중요한 작품은 아닐지 모르지만, 절세미인을 그렸다는 이유만으로도 세상에서 가장 아름다운 그림으로 손꼽힌다. 피렌체에 〈비너스의 탄생〉이 없다면, 그곳의 존재 이유는 사라지고 만다. 게다가 그 주인공 시모네타 베스푸치의 전설이 없는 〈비너스의 탄생〉은 상상할 수조차 없다.

눈 밝은 사람이라면 미술사를 잘 모르더라도 피렌체의 궁정과 미술관 곳곳에 시모네타 베스푸치가 존재한다는 느낌을 받았을 것이다. 그렇다! 당신이 본 그림 속 주인공이 바로 비너스의 모델 시모네타 베스푸치가 맞다. 그녀는 우리가 상상하는 것 이상으로 많이 그려졌다. 놀라울 정도다. 왜 그렇게 화가들은 대대적으로 시모네타를 그린 것일까? 화가들은 그녀의 어떤 모습에 매료되었던 것일까?

시모네타 베스푸치는 제노바의 부유하고 유력한 귀족인 카타네오Cattaneo

산드로 보티첼리, 〈비너스의 탄생〉
패널에 템페라, 172.5×278.5cm, 1483~1485년, 피렌체 우피치미술관

산드로 보티첼리, 〈비너스와 마르스〉
패널에 템페라, 69×173.5cm, 1483년, 런던 내셔널갤러리

가문 출신이다. 그녀는 열다섯의 나이에 베스푸치 가문의 아들 마르코와 결혼하기 위해 피렌체에 왔다. 베스푸치 가문은 피렌체의 명문가 메디치 가문과 마음을 터놓고 대화할 수 있는 몇 안 되는 명문가 중 하나였다. 신대륙인 아메리카에 자신의 이름을 선사한 아메리고 베스푸치가 시모네타의 남편 마르코의 친척이다. 그만큼 베스푸치 가문은 활발한 경제활동을 펼쳤고, 그 부를 바탕으로 예술을 적극적으로 후원했다.

이 가문의 후원을 받은 보티첼리는 시모네타를 보자마자 반해 평생에 걸쳐 그녀를 그린다. 전하는 바에 따르면 시모네타 역시 보티첼리에게 매우 우호적이었다고 한다. 그녀는 대범하게 "나는 당신의 비너스가 될 것"이라고 말했다. 이렇듯 베스푸치 집안의 후원을 받은 데다 새로 시집온 시모네타의 적극적인 지지를 받은 보티첼리는 붓으로 어루만지는 것만으로 그녀에 대한 무한한 사랑을 표현할 수 있었다.

시모네타는 오늘날의 기준으로 말하자면, 미스 피렌체쯤 되는 유명한 여자였다. 게다가 그녀는 미모가 뛰어났을 뿐 아니라 성격도 매우 좋았던 것으로 전해진다. 시인이자 인문주의자였던 안젤로 폴리치아노Angelo Poliziano는 "피렌체에는 시모네타가 눈부시게 영글고 있다"고 노래하면서 클레오파트라를 능가하는 신선한 아름다움을 지녔다고 극찬했다. 그뿐 아니라 "그녀는 훌륭할 정도로 장점이 많았지만, 그 가운데서도 매너가 더할 수 없이 좋았다. 무척이나 상냥하고 매력적이었다. 그녀의 우정을 얻은 사람들은 저마다 자신이 그녀의 사랑을 듬뿍 받고 있다고 착각할 정도였다"고 말했다. 이처럼 시모네타는 피렌체의 실력 있는 예술가들과 인문주의자들이 모두 칭송해 마지않았던 사람이었다. 그녀를 찬미하지 않는 사람이 없을 정도였다. 이렇게 시모네타는 르네상스 시대 피렌체의 영광과 자부심을 상징하는 미의 화신이 되었다.

시모네타는 미켈란젤로 부오나로티Michelangelo Buonarroti의 양부로 유명한 로렌초 메디치의 동생 줄리아노 데 메디치의 연인으로도 알려져 있다. 1475년의 어느 날, 산타 크로체 광장에서 마상 창 시합이 열렸다. 줄리아노는 이 시합에 출전하면서, 보티첼리에게 자기 깃발에 시모네타를 그려달라고 주문한다. 그것도 거인족인 기간테스 중 하나인 팔라스를 물리친 아테나의 모습으로 말이다. 지혜의 여신인 동시에 전쟁의 여신인 아테나로 분한 시모네타 그림은 아쉽게도 현재는 남아 있지 않다. 도전자를 다 물리치고 승리를 거둔 줄리아노는 자신이 받은 상을 시모네타에게 바쳤다. 사모의 마음을 공공연하게 온 천하에 선포한 것이다. 물론 유부녀였던 그녀와 줄리아노가 진짜 연인 사이가 되었는지는 정확히 알려져 있지 않다. 그저 소문과 추측만이 무성할 뿐이다. 어쨌든 이 사건은 피렌체 젊은이들 사이에서 '기사도 사랑'의 아름다운 전형으로 두고두고 회자되었다.

시모네타는 줄리아노의 고백을 들은 이듬해인 1476년 4월 26일, 스물둘이라는 너무나 아까운 나이에 사망한다. 폐결핵으로 인한 죽음이었다. 불행히도 줄리아노 또한 2년 후 라이벌 가문이었던 파치가의 음모에 의해 암살되었다. 그런데 시모네타는 죽은 뒤 더 유명해졌다. 이유인즉슨 장례식 날 그녀의 모습이 공개되었기 때문이다. 시모네타의 죽음을 애도하던 시민들과 화가들은 안타까운 나이에 세상을 등진 그녀의 마지막 모습에 경도되었다. 그녀는 여전히 살아 있는 듯 아름다웠다. 어떤 사람들은 그녀가 살아생전보다 더 아름답다고 느꼈다. 아마도 그녀가 더 이상 이 세상에 존재하지 않기에 느끼는 애달픔과 안타까움이 아름다움을 배가했을 것이다. 이른 나이의 죽음, 즉 부재의 미학은 그렇게 한 존재를 더욱 높은 경지에서 칭송하게 만드는 동력이 되었다.

그리하여 시모네타를 모델로 한 거의 대부분의 작품들이 그녀가 죽은 후 제작되었다. 〈비너스의 탄생〉도 그녀가 죽고 무려 9년이 지난 뒤에 그려진 작품이다. 시모네타는 화가들을 위해 포즈를 취해준 적이 드물었고, 일찍 죽었기에 그녀의 생전 모습을 그린 그림은 많지 않다. 특히 보티첼리는 시모네타를 엄청나게 많이 그렸다. 주지하듯 "당신의 비너스가 되어주겠다"는 시모네타의 말이 보티첼리에게는 하나의 신탁이자 특권이 되어버렸던 것이다. 보티첼리는 생전의 호의와 신뢰를 갚듯 열심히 시모네타를 그리워

산드로 보티첼리, 〈석류의 성모〉
패널에 템페라, 지름 143.5cm, 1487년, 피렌체 우피치미술관

하며 성모 혹은 비너스의 모습 등으로 그녀를 되살려내는 듯한 그림을 그렸다. 이처럼 보티첼리는 시모네타를 처음 보자마자 사랑하게 되었고 그녀가 죽어서도 여전히 사랑했다. 그렇게 하여 보티첼리가 그린 그림 속 여자의 대다수가 시모네타가 된 것이다. 게다가 그녀가 주인공이 된 작품들은 모두 뛰어난 걸작이자 대표작이 되었다.

그뿐이 아니다. 보티첼리뿐만 아니라 다른 화가들과 문인들도 시모네타의 이미지를 앞다투어 작품으로 남겼다. 그녀가 죽은 후 이토록 아름다운 여인이 일찍 사라졌다는 사실에 자극받았던 예술가들의 애도 방식이었던 셈이다. 또한 시댁인 베스푸치 가문과 친정인 카타네오 가문, 메디치 가문 등에서 초상화 주문을 많이 한 것도 시모네타 바람의 한 원인을 제공했다. 이렇게 해서 시모네타 베스푸치는 오늘날까지 불멸의 연인으로 존재하게 됐다.

시모네타 베스푸치가 왜 오늘날까지 미의 전형으로 남아 있는 것일까? 화가들은 그녀의 어떤 점에 특히 매료됐던 것일까? 첫 번째 이유는 시모네타가 다른 질병이 아니라 폐결핵 환자였기 때문일 것이다. 예로부터 폐결핵은 미인과 천재의 질병으로 알려졌다. 결핵의 원인을 몰랐던 시절에는 결핵이 미인과 천재를 만드는 병이라 생각했고, 반대로 천재나 미인이 결핵이라는 병을 낳는 것으로 생각한 적도 있었다. 아마도 남다른 미적 취향을 가진 화가들은 폐결핵이 깊어짐에 따라 더욱더 창백해지는 피부 그리고 그와는 대조적으로 불그스레한 뺨, 야윈 얼굴과 긴 목 등의 모습을 지닌 시모네타에게 더욱 매혹되었을 가능성이 크다. 게다가 폐결핵의 증상 중 하나인 미열 속에 달뜬 듯, 애수에 잠긴 듯한 표정에서 삶과 죽음의 경계가 가진 기묘한 아름다움을 느꼈을 것이다.

두 번째 이유는 시모네타의 얼굴이 천상의 미와 세속의 미를 두루 갖추었기 때문일 것이다. 그렇기에 그녀는 보티첼리의 그림 속에서 비너스가 되었다가 다시 성모가 되었던 것이다. 지상의 세속적인 여인으로 생각하며 다가서면, 영원히 다가설 수 없는 미지의 연인으로 남아 있는 시모네타 베스푸치. 그녀가 오래도록 미의 전형으로 남아 있는 건 아마도 이런 천상과 지상의 아슬아슬한 경계에 서서 독특한 분위기를 자아내기 때문일 것이다.

"모든 경계에는 꽃이 핀다!"는 함민복의 시구가 떠오른다.

욕망

엄마의 욕망을 욕망하는 딸들

해외의 유명 미술관에 가면 여성이 남성의 머리를 베는 장면이나, 벤 머리를 쟁반 위에 들고 있는 장면의 그림을 자주 보게 된다. 우리는 그 잔혹하기 이를 데 없는 장면 속 여자가 너무 아름다워서 그녀가 저지른 잘못을 마치 용서라도 해줄 것처럼 바라보곤 한다. 여성의 미모가 남성에게 살인무기라는 뜻일까?

살로메는 역사상 가장 악명 높은 요부로 손꼽힌다. 그녀가 잔혹한 요부의 대명사가 된 것은 치명적인 성적 매력을 바탕으로 헤로데 왕을 유혹해 세례 요한의 목을 베도록 충동질했기 때문이다. 그러나 살로메의 행위에는 인간 욕망의 오묘한 무의식적 메커니즘이 숨어 있다.

예수가 태어난 지 30년이 지난 어느 날, 헤로데 왕은 예수의 사촌인 세례 요한을 교도소에 가둔다. 세례요한이 헤로데 왕을 비난했기 때문이다. 그 이유는 헤로데 왕이 자신의 동생 필립보의 아내인 헤로디아와 재혼하려고 했기 때문이다. 세례요한은 동생의 아내를 취해선 안 된다고 헤로데 왕에게 일갈했다. 성경을 세부적으로 들여다보면 이 내용들이 조금씩 다르게 쓰였음을 알 수 있다. 《마태복음》은 헤로데가 세례요한을 죽일 구실을 찾던 중이었다고 기록했고, 《마가복음》은 헤로데 왕이 세례요한을 의롭고 거룩한 사람으로 알고 두려워했다고 전한다. 한편 헤로디아는 독설과 인신공격을 일삼는 정의의 사도 세례요한에게 앙심을 품었다. 헤로디아는 남편 헤로데가 의붓딸 살로메에게 홀딱 반한 사실을 이용하기로 마음먹는다.

헤로디아는 헤로데 왕의 취약함을 알았기 때문에 흥겨운 연회가 베풀어지는 동안 딸 살로메가 왕 앞에서 춤추도록 했다. 헤로데는 조카딸이자 의붓딸인 살로메가 춤을 추어 손님들을 즐겁게 하자 "네 소원을 말해보아라. 무엇이든 들어주마!"라고 말한다. 심지어 술에 취해 있었던 헤로데 왕은 살로메에게 "원한다면 내 왕국의 절반이라도 주마(《마가복음》6:23)"라고 맹세했다. 소녀 살로메는 제 어미인 헤로디아에게 "무엇을 청할까요?"라고 의논했다. 그 어미는 "세례요한의 머리를 달라고 해!"라고 시켰다. 그러자마자 소녀는 급히 왕에게 돌아가 "세례요한의 머리를 쟁반에 담아서 가져다주세요!"라고 청한다.

살로메는 왜 엄마에게 물어보았을까? 여기에 중요한 인간 심리의 메커니즘이 녹아 있다. 인간에게는 자신의 고유한 욕망이 없다는 것! 인간은 자신의 욕망에 대해서는 이방인이라는 것이다. 인간은 다만 타인의 욕망을 욕망할 뿐이다. 헤로데 왕은 이미 부인이 있었음에도 동생의 아내를 취했다. 이역시 타인(동생)이 원하는 걸 원했다는 것으로 해석할 수 있다.

장 베너, 〈살로메〉
캔버스에 유채, 118×80cm, 1899년, 낭트미술관

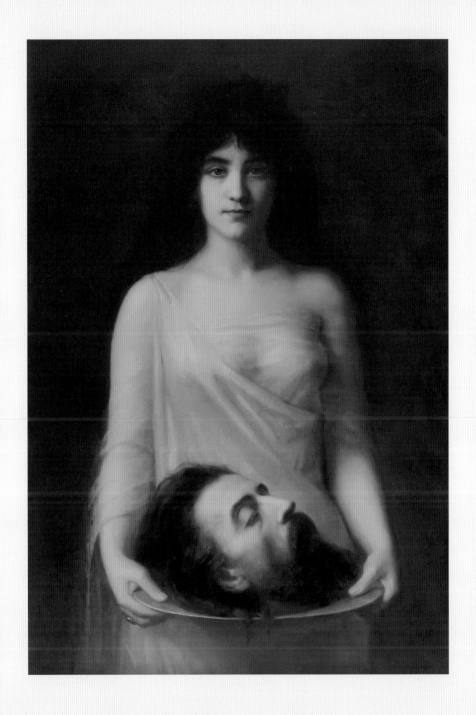

살로메 같은 어린아이는 자기가 무엇을 욕망하는지 혹은 욕망해야 하는 지를 모른다. 그래서 남들이 그것을 가르쳐줄 필요가 있다. 살로메 역시 당황한 나머지 당장 어미에게 달려가 "엄마, 내가 무엇을 원하는지 알려주세요!"라고 물었다. 요즘 아이들이 모든 것을 엄마에게 물어보는 것과 비슷한 상황이다. 결정을 해야 하는 순간 엄마에게 전화해 "나 오늘 점심 뭐 먹을까?", "나 이번 여름방학 때 유럽여행 갈까? 아니면 아르바이트를 할까?", "이번 학기엔 무슨 수업을 들을까?", "지금 만나는 남자친구랑 헤어질까? 아니면 좀 더 만나볼까?" 등을 물어본다. 오늘날 모든 결정을 엄마에게 위임하는 아이들이 부지기수다. 살로메는 말 잘 듣는 매개자로서의 자녀를 상징하는 것일까? 어미의 끔찍한 부탁을 순순히 수행하는 영악한 아이인 것일까?

《마가복음》 6장에 나타난 살로메의 행동에는 '그러자마자', '급히', '곧' 등의 표현이 따라붙는다. 아마 소녀는 헤로데 왕이 말을 바꿀까 봐 초조했고, 따라서 자신의 욕망이 좌절될까 봐 두려웠던 모양이다. 어머니 헤로디아의 욕망이 이제 완전히 살로메의 욕망이 되었기 때문이다. 어머니의 욕망을 자신의 것으로 취한 딸은 이제 더 이상 어머니와 구분되지 않는다. 살로메의 욕망은 타인의 욕망을 모방했지만, 그렇다고 그것이 욕망의 강도를 줄어들게 하지는 않는다. 오히려 그 반대다. 모방본이 원본보다 훨씬 더 강렬한 법이다. 마치 '짝퉁'이 훨씬 더 반짝이는 것처럼 말이다.

또 하나 빠질 수 없는 것이 있다. 바로 춤의 위력이다. 춤의 위력은 환자에게 그의 몸 안에 들어 있던 해로운 물체를 끄집어냈다는 느낌을 주는 샤먼적 행위와 비슷하다. 살로메가 춤을 출 때, 그녀에게 반한 사람은 헤로데 왕뿐만이 아니었다. 모든 관객이 살로메에게 홀려 있었다고 해도 과언이 아니다. 어머니로부터 전이된 살로메의 열정과 욕망은 또 그대로 관객들의 열정과 욕망으로 화한다.

헤로데 왕은 살로메의 소원을 듣자 아차 싶었지만, 제우스가 자기가 한 말을 번복하지 않듯이 그 맹세를 어길 수 없는 지경에 이르렀음을 깨닫는다. 그는 괴로웠지만 손님들 앞에서 한 맹세였기에 수감되어 있는 세례요한의 목을 벨 것을 명령했다. 살로메의 소원대로 세례요한의 목은 쟁반에 받친 채로 그녀 앞에 바쳐진다. 살로메는 그것을 어머니에게 준다. 어머니가 좋아하는 짓을 해서 어머니의 사랑과 관심을 받고 싶어 하는 것도 또 다른 인간의 욕망이다. 바로 인정 욕망!

그런데 살로메는 왜 머리를 쟁반 위에 놓아달라고 부탁했을까? 살로메는 아직 말의 실제 의미를 파악하지 못하는 어린아이에 가까웠다. 엄마가 '세례요한의 목'을 달라고 하라고 청했을 때, 이는 그저 세례요한을 죽여달라는 의미였다. 아직 어려 언어의 높은 수사학적 차원을 이해하지 못한 살로

귀스타브 모로, 〈살로메〉
캔버스에 유채, 144×103.5cm, 1876년, 캘리포니아 해머박물관

메는 어미의 말을 문자 그대로 받아들였다. 그래서 나온 것이 바로 쟁반이다. 쟁반은 그녀의 어린아이다운 사고에서 즉각적으로 떠오른 것이다. 얼마나 끔찍하고 귀여운가. 따라서 살로메를 두고 남자의 마음을 홀리는 데 타고난 여자쯤으로 생각하면 곤란하다. 살로메는 아직 어리고 무지했기 때문에 최고조의 폭력 속으로 순식간에 빠져든 것일지도 모른다.

중세 이래로 많은 화가와 조각가들이 왕실에서 벌어지는 유혹과 공포 그리고 잔혹한 구경거리로 가득한 세례요한의 체포와 처형이라는 사건에 매혹되었다. 15세기 이후가 되면 화가들은 춤추는 살로메보다 쟁반에 놓인 세례요한의 머리를 더욱 선호했다. 그래서인지 당대의 그림에 살로메는 팜파탈Femme Fatale이 아니라 성녀처럼 그려진다.

19세기 말이 되어서야 다시 춤추는 살로메의 모습이 자주 등장한다. 특히 오스카 와일드Oscar Wilde가 쓴 희곡 〈살로메〉는 당대 화가들에게 세기말적이고 퇴폐적인 영감의 원천이었다. 이 희곡은 세례요한을 보고 첫눈에 사랑에 빠진 살로메가 그에게 거절당하자, 그를 증오하고 잔인하게 복수한다는 파격적인 내용으로 각색되었다. 여기에서 바로 '일곱 개의 베일의 춤을 추는 모습'으로서의 팜파탈의 전형인 살로메가 등장했던 것이다.

특히 상징주의 화가인 귀스타브 모로Gustave Moreau는 이 희곡에 자극받아 여러 점의 살로메를 그렸다. 〈헤로네 잎에시 춤을 추는 살로메〉와 남녀의 대면, 즉 살로메와 세례요한의 팽팽한 대결을 다룬 〈현현〉은 에로스Eros, 삶충동와 타나토스Thanatos, 죽음 충동의 극명한 대조를 보여준다. 19세기 말의 프란츠 폰 슈투크Franz von Stuck, 장 베너Jean Benner, 피에르 보노Pierre Bonnaud와 같은 화가들이 그린 살로메는 확실히 그 이전의 살로메와 변별된다. 사랑과 욕망의 주체로서의 자신에게 나르시시즘적으로 몰입되어 있는 모습이 그것이다. 이제 사랑도 욕망도 온전히 그녀의 것이 되었다. 엄마를 모방한 것이든 아니든 그것은 별로 중요하지 않다. 이 그림들은 남성을 흔들고, 파괴하고, 꼼짝달싹하지 못하게 만드는 파워 넘치는 여자들의 시대가 도래하고 있음을 극명하게 보여준다.

19세기 화가들은 사랑과 죽음, 쾌락과 고통, 사디즘과 마조히즘 등 파격적인 주제에 병적으로 탐닉했다. 그리고 그런 주제에 가장 부합되는 소재인 살로메에게 매혹되었다. 어둡고, 두렵고, 섬뜩하고, 잔혹하고, 공포스럽지만 어쩐지 자꾸 보고 싶고, 설레고, 끌리고, 그립고, 매혹되는 존재에 대한 사랑이었다. 어쩌면 보들레르Charles Baudelaire가 〈악의 꽃〉이라고 반어적으로 표현한 것, 그것이 바로 살로메로 대변되는 팜파탈이 아닐까!

자살

죽고 난 후의 영웅

죽음을 앞둔 자는 살고 싶기 마련이다. 에로스와 타나토스가 기막히게 얽혀 있는 순간이 있다. 바로 자살의 순간이다. 16~17세기 화가들은 자살하는 여성에게 특히 매료되곤 했다. 가장 대표적인 사례가 루크레티아와 클레오파트라다. 기원전 509년 로마의 마지막 왕 타르퀴니우스가 통치하던 시절, 로마의 군인들은 이웃 나라인 아르데이아를 포위하고 있었다. 비록 전장이지만 장교들은 틈틈이 지친 마음과 육체를 달래고자 파티를 즐겼고, 그때마다 어김없이 쾌락과 욕망이 전장에 드리웠다. 더 흥이 오르면 음담패설이 자유롭게 오갔다. 사실 고대 로마는 성 문화가 매우 발달했는데, 남녀노소를 불문하고 누구나 자유로운 성 생활을 즐겼다. 결혼한 여성들 역시 자유롭게 연애할 수 있었다. 모두가 육체적 욕망과 쾌락을 좇던 시대였다. 특히 남편이 전장에 나가면 아내는 연인과 데이트하는 일이 비일비재했다. 남편을 전장에 보낸 가난한 여인은 아이를 키우고 빵을 얻기 위해 매춘도 불사했던 시절이었다.

그날도 귀족 장교들은 처음에는 타인의 스캔들과 가십을 즐기다가 자신들의 아내만큼은 워낙 정숙해서 그럴 리 없다는 이야기로 진전되었다. 특히

루카스 크라나흐, 〈루크레티아〉
너도밤나무 패널에 유채, 57×38cm, 1528년, 스톡홀름 국립미술관

왕의 아들 섹스투스와 그의 사촌인 콜라티누스의 아내 자랑은 끝나지 않았다. 급기야 그들은 로마로 돌아가 아내들이 어떻게 지내고 있는지 보고 오자고 제안한다. 섹스투스를 비롯한 다른 장교의 부인은 젊은 연인과 파티를 열어 흥청거리며 놀고 있었다. 그런데 콜라티누스의 아내 루크레티아만은 남편의 어깨걸이를 만들기 위해 양모를 손질하고 있었다. 게다가 루크레티아는 예고 없이 찾아온 남편과 동료들을 극진하게 대접했다. 이를 본 섹스투스는 루크레티아가 현숙한 아내임을 인정한다. 그런데 그 순간 그만 자기 아내와는 달라도 너무 다른 루크레티아의 아름다운 외모와 순결에 마음을 빼앗겨버린다. 질투심과 애증에 휩싸인 섹스투스는 콜라티누스가 전장으로 되돌아가고 며칠 뒤 루크레티아에게 찾아가 프러포즈를 한다. 당황한 루크레티아가 완강하게 거절하자 섹스투스는 협박한다.

"끝까지 반항하면 당신이 부리는 남자 노예의 목을 하나 따서 당신 옆에 나란히 눕혀주겠어!" 남편이 없는 사이 루크레티아가 노예와 불륜을 저지르다 들켜서 노예가 죽었다는 뜻이다. 게다가 섹스투스는 남편에게도 보복을 하겠다고 위협했다. 이 끔찍한 불한당의 협박에 못 이긴 루크레티아는 결국 가문의 명예를 위해 저항을 포기한다. 이렇게 겁탈을 당한 루크레티아는 아버지와 남편, 남편의 친구인 브루투스에게 이 사실을 털어놓는다. 그리고 자신의 명예를 더럽힌 일에 대한 복수를 호소하며 가슴에 비수를 꽂아

루카스 크라나흐, 〈루크레티아의 죽음〉
패널에 유채, 1513년, 부다페스트 세프뮈베세티박물관

자결하고 만다. 분노한 브루투스와 시민들은 섹스투스의 강간을 세상에 알렸다. 안 그래도 왕정에 대한 불만이 많았던 시민들에 의해 섹스투스는 처형되고 왕과 그 일가는 로마에서 추방된다. 로마의 새 지도자가 된 브루투스는 여성의 정절의 의무가 공화제에서 입법화되도록 한다. 비로소 로마는 전제 군주제를 대신해 두 명의 집정관이 이끄는 공화정을 수립한다.

훗날 루크레티아는 로마의 근면함과 정숙함의 상징으로 추앙되었다. 이 신화적 역사는 정조 상실에 대해 경종을 울리는 역할을 하는 동시에 자살과 불멸성에 대한 시대정신을 보여준다. 루크레티아 전설은 기원전 5세기에 비롯되었는데 오비디우스Publius Ovidius Naso와 티투스 리비우스Titus Livius의 저술을 통해 전해졌다. 이 이야기는 르네상스 시대에 대단한 인기를 끌었다. 윌리엄 셰익스피어William Shakespeare는 서사시 〈루크레티아의 능욕〉에서 그녀를 영원한 존재로 만들었다. 자살로 생을 마감한 햄릿의 연인 오필리아도 루크레티아의 복사판이다.

르네상스 시대가 도래하고 여성 육체의 아름다움에 대한 예술적인 관심과, 그녀의 행동이 낳은 파괴적인 결과(혹은 공화국의 탄생에 끼친 긍정적인 측면)에 대한 관심이 일어나면서 루크레티아는 널리 인기를 누리게 되었다. 사실 기독교 사회에서 자살은 악마의 유혹에 의한 사악한 것으로 간주하였다. 그럼에도 16세기 이래 자살 문제는 공개적인 자리로 불려가 저주와 함께 가혹한 처벌을 받기만 한 것이 아니라 묵인되고 용서를 받기도 했다. 특히 이 시대에 기독교의 자살 반대에 팽팽하게 맞서 루크레티아, 클레오파트라, 소포니스바 그리고 디도와 같은 전설 속의 영웅적인 여성 자살자의 그림이 다시 그려지는 현상이 벌어졌다.

베네치아 르네상스의 거장 베첼리오 티치아노Vecellio Tiziano, 독일의 루카스 크라나흐Lucas Cranach와 알브레히트 뒤러Albrecht Dürer는 물론 바로크 시대의 페테르 파울 루벤스Pieter Paul Rubens, 아르테미시아 젠틸레스키Artemisia Gentileschi, 렘브란트 판 레인Rembrandt Harmenszoon van Rijn, 로코코 시대의 세바스티아노 리치Sebastiano Ricci 등에 이르기까지 모두 루크레티아를 한 점쯤은 그렸던 것 같다. 가장 주목할 만한 작품 중 하나는 독일 르네상스 시대의 화가인 루카스 크라나흐의 것이다.

크라나흐는 베일에 싸여 있는 여러 점의 루크레티아를 그렸는데, 이 베일은 노출과 은폐라는 이중성을 가진다. 그런 까닭에 그의 루크레티아는 그녀의 죽음이 가진 나르시시즘과 에로티시즘의 요소를 암시한다. 이런 에로티시즘은 반쯤 감긴 눈, 뱀처럼 구불구불한 베일의 성질을 통해 한층 더 강조된다. 더욱이 목걸이는 결혼의 속박을 나타냄과 동시에 루크레티아의 복잡한 심경을 대변하기도 한다. 루크레티아를 그린 그림이 보여주는 미학적 쾌락의 이미지는 자살과 죽음, 성적 대상으로서의 여성이 한곳에 결합된 상징

렘브란트 판 레인, 〈루크레티아〉
캔버스에 유채, 120×101cm, 1664년, 워싱턴 국립미술관

적 행위로서 나타나고 있는 것이 보편적이다.

또한 렘브란트는 루크레티아를 주제로 두 점의 그림을 제작했는데, 여느 그림과 달리 관능성을 강조하지 않고 옷을 입은 루크레티아를 그렸다. 1664년 작품에서 렘브란트는 앤티크 의류 수집가답게 그녀에게 멋진 옷을 입혔다. 평상복이나 잠옷이 아닌 의복을 제대로 갖추어 입혔다는 점에서 이 그림은 매우 예외적이다. 그것은 그녀가 매우 이성적인 사람이라는 사실, 정절과 책임감 등 명예를 위하여 죽음을 선택한다는 의미를 전해주는 장치이다. 그렇기에 그녀의 얼굴은 칼을 바라보면서 아래로 향하고 있고, 왼손을 앞으로 들어 작별인사를 하고 있다.

그 어떤 작가보다 렘브란트가 탁월한 지점은 바로 루크레티아의 얼굴 표정이다. 쏟아질 것 같은 눈물을 담은 눈의 표현은 그야말로 압권이다. 렘브란트는 마치 바로 그녀의 앞에서 얼굴을 들여다본 듯이 멈추지 않는 눈물을 그려냈다. 모든 감정을 머금고 죽음을 향해가는 처참한 비애를 받아들이기에는 그녀 역시 진정 살고 싶었던 것은 아닐까.

렘브란트는 2년 후 루크레티아를 주제로 한 점의 그림을 더 그린다. 속옷처럼 보이는 하얀 시폰 드레스에 핏물이 배어 있다. 염료를 흐르게 하여 강간의 상흔과 스스로에게 가한 잔인한 폭력의 흔적을 드러냈다. 이 작품은 렘브란트가 죽기 3년 전에 그린 것으로 가난과 파산으로 더 이상 희망조차

렘브란트 판 레인, 〈루크레티아〉
캔버스에 유채, 110.2×92.3cm, 1666년, 미니애폴리스미술연구소

없는 시기의 참담한 자기 자신을 그린 것만 같다.

루크레티아의 이미지는 불결한 여자로 사느니 차라리 죽겠다는 것을 의미하는, 순결의 메타포 역할을 했다. 그러니까 경험과 고통의 존재로서의 자신을 살해함으로써 순결한 명예를 보존하고, 개성 있는 자신을 영원히 존재하게 하려는 순수한 욕망을 가졌던 여자로서의 그녀 말이다. 그리고 이 상징은 르네상스와 종교개혁의 시대에 고급 예술과 대중시각문화에서 널리 채용되었다.

그런데 루크레티아의 자살 그림이 많은 진짜 이유는 무엇이었을까? 사실 성적으로 가장 문란했던 시대에 남성에게 강간당했다고 자살하는 건 좀 드문 일이었기에, 그러니까 정말 기념할 만한 일이었기에 그런 찬사가 바쳐졌던 것은 아닐까? 로마 시대의 가장 위대한 덕목이었던 비르투스Virtus가 '용기'를 뜻한다면, 루크레티아의 행위가 이해될 수 있을까?

루크레티아는 당대 남성들이 요구한 이상적 구현물로서의 여성상이었던 것만큼은 틀림없어 보인다.

호기심

뒤돌아보는 순간 모든 것이 끝난다

신화와 성경에는 곧잘 "뒤돌아보지 마라"라는 말이 등장한다. "먹지 마라", "받지 마라", "열어보지 마라"와 구분되는 "뒤돌아보지 마라"는 어떤 의미가 있는 것일까? 가장 먼저 구약의 소돔과 고모라가 떠오른다. 구원받은 롯의 가족은 천사의 인도로 타락할 대로 타락한 도시 소돔을 떠난다. 단 한 가지 "절대 뒤돌아보지 말라"는 야훼의 명령과 함께. 그러나 불과 유황이 비처럼 쏟아져 멸망하는 소돔의 모습이 궁금해 뒤돌아본 롯의 아내는 그만 소금 기둥으로 변해버리고 만다.

그녀는 왜 뒤돌아보았던 것일까? 아마 이 이야기는 물질적이고 세속적인 삶에 미련을 버리지 못한 인간의 탐욕에 대한 경고일 것이다. 롯의 아내 이야기는 사해 주변에 특이한 모양의 소금 기둥이 많이 널려 있는 것을 설명하는 데 흔히 인용되기도 한다.

뒤돌아보지 말라는 내용을 담은 신화 중 오르페우스와 에우리디케의 사연을 따라올 것은 없다. 그만큼 자주 되풀이되어 각색되고 회자된다. 죽은 아내 에우리디케를 찾으러 저승세계로 내려간 오르페우스의 이야기는 어떤 식으로 해석되었든 간에 그리스인늘의 마음을 사로집았으며, 후대에 죽음까지도 마다않는 헌신적인 사랑의 본보기가 되었다.

오르페우스는 오늘날로 말하자면 유명한 연예인이다. 노래는 물론이고 연기까지 잘하는 팔방미인 스타다. 오르페우스의 음성과 음악은 인간은 물론 가장 사나운 동물을 얌전하게 길들였을 정도로 감미롭고 아름다웠다. 게다가 오르페우스는 이아손이 이끄는 원정대에 참가해 영웅과 어울려 험난한 모험을 한 전쟁 영웅이다. 군 복무까지 씩씩하게 마치고 온 성실한 아이돌이 아닌가! 전설적인 가수이자 시인인 오르페우스가 그렇게 멋진 인물이 될 수 있었던 건 바로 태생 때문이다. 음악의 신이기도 한 아폴론과 여러 신들을 찬양하고 노래를 부르는 아홉 명의 무사이Mousai, 뮤즈들 중 하나인 칼리오페Calliope, 아름다운 목소리라는 뜻 사이에서 태어난 아들이었다.

오르페우스는 숲의 님프 에우리디케와 결혼했다. 결혼식에는 결혼의 신 히메나이오스Hymenaios도 초대되었다. 처녀막Hymen이라는 단어가 히메나이오스에서 유래한 것임을 감안하면, 고대 그리스에서도 결혼식 직후 첫날밤에 여성의 처녀막 손상 여부가 매우 중요했다는 사실을 알 수 있다. 그런데 이 히메나이오스가 결혼 행렬을 선도하면서 활활 타오르는 횃불을 치켜들지만 이상하게도 불이 잘 붙질 않고 거푸 연기만 나는 것이 아닌가! 불길한 예감은 곧 현실이 된다.

어느 날 친구들과 나들이를 나간 에우리디케는 자신에게 반한 양봉의 신

에드워드 존 포인터Edward John Poynter, 〈오르페우스와 에우리디케〉
캔버스에 유채, 1862년, 개인 소장

아리스타이오스를 피해 도망치다 그만 독사에 물려 죽고 말았다. 오르페우스는 사랑하는 아내를 잃고 슬퍼하면서 그녀를 찾기 위해 저승세계로 내려갔다. 원래 지하세계는 인간이 살아서 갈 수 없는 곳이지만 아내에 대한 오르페우스의 사랑은 죽음마저도 초월했다. 그는 심금을 울리는 탁월한 노래와 연주 솜씨로 죽음의 고비를 간신히 넘기고 급기야 저승의 신 하데스 앞에 서게 된다. 오르페우스는 억울하게 죽은 아내를 돌려줄 것을 간청하고 슬픈 노래를 들려준다. 그의 노래에 감동한 하데스는 아내를 데려가도 좋다고 허락한다. 거기에는 에우리디케와 처지가 비슷한 하데스의 아내 페르세포네의 입김도 한몫했으리라.

하데스는 에우리디케를 다시 지상으로 내어주며 한 가지 조건을 제시했다. 이승의 햇빛을 보기 전까지는 뒤따라오는 아내를 돌아보아서는 안 된다는 것이었다. 하지만 지상에 막 도착하기 직전, 오르페우스는 아내를 다시 보고 싶은 욕구를 억누르지 못하고 그만 뒤를 돌아보고 만다. 그 순간 에우리디케는 다시 저승세계로 끌려가고 오르페우스는 홀로 지상에 남게 되었다.

아내의 두 번째 죽음 이후 오르페우스는 제정신이 아닌 채 허망한 마음으로 떠돌면서 더 슬픔과 우수에 찬 노래를 불렀다. 사람들은 더욱더 그의 노래에 매료당했다. 어느 날 디오니소스 축제의 무녀들인 마이나데스Mainades,

그리스어의 '미치다'라는 동사에서 유래한 메나드스라고도 불리는데, 영어 'Mad'와 'Mania'도 여기에서 나온 단어다는 축제의 흥을 돋우어달라고 부탁한다. 오르페우스는 슬픔을 버리고 짧은 인생의 쾌락을 맛보자며 잡아끄는 마이나데스의 손길을 거칠게 거절하고, 그녀들이 모시는 디오니소스까지 모독하고 만다. 여러 가지로 무시와 모멸을 당했다는 사실에 분노한 마이나데스들은 오르페우스의 사지를 찢어 죽여 강물에 던져버렸다.

오르페우스는 왜 뒤를 돌아보았을까? 그리고 왜 또 사지가 찢어지는 죽음을 당해야 했을까? 그는 뛰어난 노래 솜씨로 산천초목과 인간을 감동시켰고, 세이렌의 노랫소리에 유혹되지 않도록 자신의 리라를 켜 원정대를 위험에서 구해냈으며, 급기야 죽은 아내를 구출해내겠다는 결심으로 산 채로는 절대로 갈 수 없다는 저승까지 다녀왔다. 이런 천재적인 재능과 비범한 재주를 갖게 되면 인간은 누구나 자신감이 넘치고, 무엇이든지 할 수 있다는 착각에 빠진다. 그런 자신감과 자긍심은 오만과 교만으로 변질되기 십상이다. 그것이 바로 고대 그리스인들이 경계했던 휴브리스Hubris, 자기 과신으로 인한 지나친 오만이며, 하마르티아Hamartia, 인격적 결함이다.

또한 이 신화에는 정신분석학적으로도 중요한 메시지가 담겨 있다. 사랑하는 사람을 잃으면 누구나 애도 기간을 갖게 된다. 애도란 죽음을 충분히 슬퍼하는 일이다. 애도 기간을 지나치게 길게 가지면 안 된다. 오르페우스가 저승에 뛰어든 건, 이미 죽은 자와 함께 살겠다는 것이다. 이건 절대로 해선 안 될 일이다. 사랑하는 사람을 잃게 되면 되돌아보아선 안 된다. 사자에게 붙잡히면 살아남은 자의 삶은 피폐해지고 우울증에 빠진다. 하데스가 뒤를 돌아보지 말라고 한 것은(물론 오르페우스가 인간이기 때문에 뒤돌아볼 것도 알았겠지만) 죽은 자와 인연을 끊으라는 의미였다. 오르페우스가 저승으로 간 것은 사랑하는 사람을 잃고 누구나 빠지게 되는 우울한 감정을 의미한다. 어쩌면 우울증은 역설적으로 인간이 스스로를 죽이지 않기 위해서 계발한 방어기제일지도 모른다. 짧은 기간 상징적으로만 죽는 게 우울증일지도 모른다는 말이다. 그렇기에 인간은 우울한 기분이 들면, 거기에서 빠져나오고 싶어 한다.

마이나데스가 오르페우스를 살해한 또 다른 이유가 있다. 사실 마이나데스와 오르페우스는 대조적인 특징을 지닌다. 전자는 인생은 짧으니 순간을 즐기고 흥겹게 보내자는 가치관을 가진 존재이고, 후자는 지상의 삶이 덧없으며 인생이란 고뇌의 연속이라는 가치관을 반영하는 존재다. 고대 그리스 사회가 집단적 결속력을 매우 중시하고 현실의 구체적 삶을 지향했다는 점을 감안한다면, 마이나데스가 오르페우스에게 개인의 우울한 감정에 집착하지 말라고 권고한 것도 이해가 간다. 즉, 한 개인이 죽음의 세계에 집착하는 한 이로울 게 없다는 말이다. 사회적으로 이미 죽은 상태였던 오르페우스의 죽음은 그리스인들이 지향하는 현실세계를 유지하기 위한 경고가 아니었을까.

오르페우스와 에우리디케를 주제로 한 그림들은 뱀에게 물리거나 목숨을 잃고 바닥에 쓰러진 에우리디케와 슬퍼하는 오르페우스를 동시에 보여준다. 또 아리스타이오스에게서 도망치는 에우리디케를 묘사한 그림도 있다. 다른 그림에서 에우리디케는 오르페우스가 전경에서 수금을 연주하고 있을 때 배경의 숲에서 자신의 팔 혹은 발목을 칭칭 감은 뱀에 놀라는 모습으로 나타나기도 한다. 모든 그림 중에서도 단연코 저승세계에서 지상으로 나오는 오르페우스와 에우리디케의 모습을 담은 것이 압권이다. 아직 뒤돌아본 상태가 아닌, 앞으로 일어날 일조차 감지하지 못한, 안타깝기만 한 잔인한 운명이 기다리고 있는 장면이기 때문이다. 비극적인 만큼 더 뜨겁게 아름답다.

레즈비언

사 랑 이 냐 생 존 이 냐 그 것 이 문 제 로 다

여자들끼리의 사랑이 있었다. 공식적으로 밝혀진 최초의 여성 동성애자는 고대 그리스 시대의 사포Sappho로 기록돼 있다. 사포는 기원전 7세기에 활약했던 시인으로 플라톤보다 200년 앞선 인물이었다. 사포는 동성애를 뜻하는 언어와 관련이 깊은데 새피즘Sapphism, 여성 동성애은 사포의 이름에서, 레즈비언Lesbian, 여성 동성애자은 그녀의 고향인 레스보스섬에서 유래된 말이다. 즉 레즈비언은 '레스보스의 여자들'이란 뜻이다.

플라톤은 사포를 10번째 무사이로 극찬했다. 전하는 바에 따르면 레스보스섬 여성들은 각종 사교모임을 통해 오락과 예술을 즐겼다고 한다. 사포에게는 수많은 추종자들이 있었는데, 그녀에게서 시와 음악을 배우고 싶어한 사람들이었다. 로마의 시인 플루타르코스Plutarchos에 따르면 당시 레스보스섬의 덕망 있는 부인들은 소녀에게 사랑을 고백하는 것을 부끄럽게 여기지 않았다고 한다. 이는 고대 그리스 시대 스폰서십 개념으로 페도필리아Pedophillia, 아동성애를 일정 기간 동안 수행하는 동성애를 벤치마킹한 셈이다.

고대 그리스의 여성 동성애는 그리스 신화 속에서도 자연스럽게 드러난다. 바로 아르테미스(로마 신화에서는 다이애나)와 칼리스토가 등장하는 그림

프랑수아 부셰, 〈제우스와 칼리스토(아르테미스로 변신한 제우스)〉
캔버스에 유채, 98×72cm, 1744년, 모스크바 푸시킨미술관

에서 이 내용을 확인할 수 있다. 아르테미스는 제우스의 딸이자 아폴론과 쌍둥이 남매다. 아마조네스의 후예인 원더우먼(드라마 속 그녀의 이름이 다이 애나인 것은 우연이 아닐 것이다)을 떠오르게 하는 아르테미스는 선머슴 같은 기질로 여자들을 매혹했다. 사냥의 신인 아르테미스는 평생 처녀 신으로 자 신을 섬기고 순결을 지키기로 맹세한 많은 님프들과 그녀를 찬미하는 여자 들과 함께 살았다.

아르테미스가 레즈비언이었을 가능성을 시사하는 이야기가 있다. 오비 디우스의《변신 이야기》에 따르면 '가장 아름다운 여자'라는 뜻의 이름을 가진 순결한 처녀 칼리스토는 아르테미스와 살고 있었는데, 그만 제우스의 눈에 띄고 말았다. 그녀의 미모에 반한 제우스가 자기 딸인 아르테미스의 모습으로 변신하여 다가갔다. 방심한 칼리스토는 저항 한 번 하지 못하고 제우스와 동침했고 아이를 갖게 되었다. 분노한 아르테미스는 임신한 그녀 를 암곰으로 만들어버렸다. 이에 제우스는 평생 고통스럽게 떠돌며 살아야 했던 칼리스토를 기리기 위해 하늘의 별 중 곰자리를 만들었다는 이야기이 다. 이 에피소드를 통해 그녀들 사이에 헌신과 추종을 넘어선 동성애적 우 정과 사랑이 존재했을 거란 추측을 할 수 있다.

남성들의 여성 동성애에 대한 시각을 더욱 적나라하게 드러낸 그림이 있 다. 침대에서 뒹구는 두 여자를 그린 귀스타브 쿠르베의 〈잠〉이란 그림이다. 쿠르베는 개개인의 체험에 근간한, 눈에 보이는 현실을 그린다는 사실주의 화가답게 동성애 커플을 그리면서 신화나 전설을 빌려오지 않았다. 그림 속 검은 머리의 여인과 금발의 여인은 서로 끌어안고 잠에 빠져 있다. 잠에 취해 있는 두 여인의 흐트러진 머리, 붉게 상기된 뺨과 엉킨 다리는 범상치 않은 성적 관계를 암시한다. 그뿐 아니라 흐트러진 침대 시트, 침대 위에 떨어진 진주 목걸이, 침대 시트 위의 머리핀 등은 그들의 사랑이 열정적이고 충동적이었음을 드러낸다. 침대 옆 탁자의 물병, 콘솔 위 꽃병 등 이국적인 동방의 취향이 드러나는 화려한 소품들은 두 여인이 부유층임을 암시한다.

이 작품은 1866년 터키 제국의 대사이자 미술 애호가였던 칼릴 베이가 주문한 그림이다. 쿠르베의 작업실을 방문한 칼릴 베이는 지금은 소실되어 현전하지 않는, 신화 속 여자들의 동성애를 표현한 작품 〈프시케를 쫓는 질투심 많은 비너스〉를 보고 이 작품을 의뢰했다고 한다. 쿠르베는 베이가 소장하고 있던 장 오귀스트 도미니크 앵그르Jean Auguste Dominique Ingres의 〈터키탕〉에서 영감을 얻어 이 작품을 제작했다.

베이는 에로틱한 그림에 유독 관심이 많아 이를 잔뜩 수집했고, 때로 자신의 취향에 맞는 작품을 의뢰하기도 했던 애호가였다. 여성 음부를 확대해 그린 〈세상의 근원〉이란 작품의 주문자 역시 그다. 쿠르베는 베이의 사치스러운 기호에 맞추기 위해 동양풍의 값비싼 물건과 장식품을 화면에 그려 넣었다. 두 여인의 도발적인 자세도 베이의 특별한 취향을 반영한 것이다. 첨언하면, 그림 속에 있는 관능적인 자세의 금발 여인은 〈세상의 근원〉의 모델로 추정되기도 하는 조안나 히퍼넌이다. 혹자는 금발과 흑발 두 여인 모두 조안나라고 본다. 아마 당시 쿠르베는 조안나의 성적 매력에 매혹되어 그녀 아닌 다른 존재를 상상할 수 없었던 모양이다. 더군다나 조안나는 동료 화가로 친분이 두터웠던 제임스 애벗 맥닐 휘슬러James Abbott McNeill Whistler 의 정부였다. 쿠르베는 휘슬러가 오래 출타했던 시기에 그의 작품 경력에 빛나는 에로틱한 걸작들을 그려낼 수 있었던 것이다.

　남성들의 동성애가 훨씬 비일비재하게 횡행한 시기에, 그보다는 드물어 보이는 여성 동성애 그림이 적나라하게 그려질 수 있었던 까닭은 무엇인가? 19세기에는 남자들 간의 동성애를 국가 기강을 뒤흔드는 정신병으로 취급했지만, 여자들끼리의 동성애는 어느 정도 용납했다. 여전히 여자들을 사회의 주체가 아닌 일개 장식품으로 간주했기 때문일 것이다. 특히 19세기 문학 작품 속에서는 여성들의 동성애가 수면 위로 떠올랐다. 여성 동성애에 관심이 많았던 쿠르베는 사실적이고 대범하게 이 주제를 다루었다.

　여성들끼리의 에로틱한 장면을 연출한 그림들은 여성들은 물론이고 오히려 남성들 사이에서 훨씬 인기 있었다. 철저히 관음증자로서의 에로티시

즘과 섹슈얼리티를 즐기는 자들은 사실 훨씬 더 고급한 상류사회 출신들이다. 그들은 다양한 성적 취향을 가지고 실제 성교는 저급한 것으로 취급하였을 가능성이 크다. 오히려 관음증, 페티시즘 등 간접적 성교를 선호하는 취향을 지녔을 것으로 보인다.

이와는 전혀 다른 레즈비언 그림이 있다. 앙리 드 툴루즈 로트레크가 그린 이불 속의 두 여자가 등장하는 〈침대에서의 키스〉가 그것이다. 그런데 이 키스는 에로틱하지도 감각적이지도 않다. 그녀들은 누구이고 왜 이런 키스를 나누는 것일까? 사실 그녀들은 매춘부다. 아마도 로트레크가 즐겨 드나들던 카바레의 무희이거나 매춘부일 것이다. 밤낮으로 남자들에게 시달린 몸을 가진 그 여자들이 진짜로 몸과 마음을 잠시 내려놓는 상대는 이성이 아닌 동성이라는 사실은 참으로 충격적이다. 두 여인의 키스는 '키스는 달콤한 것'이라는 통념을 벗어던지게 만든다. 이는 앞선 여성 동성애 장면이 함의하는 환상적 에로티시즘과 농염한 섹슈얼리티를 보여주지 않는다. 그 대신에 이 그림은 시대적 아픔과 고통을 실존적으로 대면하게 한다.

그도 그럴 것이 매춘부인 그들은 사회에서 소외되고 배제된 타자들이다. 근대 산업화 시대에 시골에서 도시로 이주해 한 가정을 책임져야 했던 소녀 가장일 수도 있고, 도시 노동자 빈민층의 자녀들로 하루살이 신세인 부랑아일 수도 있다. 낮에는 세탁부와 종업원과 모델로, 밤에는 카페와 카바레의

술집에서 일하는 그녀들이 고단한 몸을 누이는 유일한 쉼터는 가까스로 허락받은 침대 위일 것이다. 거기에서 그들은 서로의 육체를 감싸 안고 체온을 나누며 동병상련을 느끼는 관계를 맺었을 것이고, 무엇보다 그것이 큰 위안이 되었을 것이다. 더욱이 눈에 띄는 저 짧은 머리카락을 보라! 소년처럼 짧은 머리카락은 이것이라도 팔아서 가족을 부양하고 삶을 연명해야 하는 그들의 처지를 반영하는 것 같다. 그런 의미에서 그들의 키스는 서로의 생명을 나누는 절박하고 애달픈 것이리라.

이런 그림은 사회적 차별 속에 살았던 화가 로트레크만이 담아낼 수 있는 처절하고 애정 어린 다큐멘터리적 음화일 것이다. 로트레크는 그들의 인생을 관음증적인 시선을 넘어선, 어쩌면 동정과 연민의 감정마저 넘어선 치밀한 관찰과 단호한 양심을 가지고 그렸다. 그렇기에 로트레크의 그림 속에 드러난 여성 동성애자들은 관능이나 외설과는 상관없는 어쩔 수 없는 허무 혹은 아이러니에 가까운 모습을 하고 있다.

동경

꿈 속 에 서 조 차 훔 쳐 보 다

　《마담 보바리》의 저자로 유명한 귀스타브 플로베르 Gustave Flaubert 에게는 일생일대의 꿈이 있었다. 고향인 프랑스의 루앙을 떠나 이집트로 가 낙타를 모는 사람이 되는 것, 그리고 하렘에서 코밑에 솜털 자국이 있는 올리브 빛 피부를 지닌 여자에게 동정을 잃는 것이었다. 그는 실제로 낯선 세계에 대한 동경과 성적 욕구가 열병처럼 찾아들 때면 훌쩍 방랑길을 떠나곤 했다. 사춘기 이후로 자신이 프랑스인인 것을 혐오해왔던 플로베르는 서른 살 무렵부터 이집트, 팔레스타인, 소아시아, 베이루트, 이스탄불, 그리스 등을 여행했고, 동양 문화를 접하며 마음껏 향락을 누렸다. 그러나 그는 미지의 세계에서 얻은 성병과 평소 앓던 간질, 그리고 사랑하는 사람의 이른 죽음 등을 경험하며 니힐리즘 Nihilism, 허무주의 에 빠진다. 자신의 소설《마담 보바리》의 주인공 에마의 권태에서 나오는 허무주의는 바로 플로베르 자신의 것이었는지도 모른다.

　플로베르의 이런 성향이야말로 당대 팽배했던 낭만주의에서 비롯되었다. 낭만주의란 무엇인가? 낭만주의의 주요 키워드는 '동경'이다. 동경이란 '먼 곳에 대한 사랑'이다. 낭만주의적 정조란 상상적인 것, 무한한 것, 이국적인 것, 관능적인 것, 악마적인 것이다. 이런 '어딘가의 먼 곳'에 대한 노스탤지어가 예술가들에게는 영감의 근원이 되었다. 지금 여기가 아닌 먼 곳을 사랑하는 비현실적인 자들이야말로 로맨티스트라고 하지 않던가. 그 먼 곳은 시간적으로 먼 곳과 공간적으로 먼 곳으로 분류될 수 있다. 그래서 예술가들은 시간적으로는 중세와 바로크 시기, 공간적으로는 근동과 서아시아, 그리고 더 멀리 극동의 나라들에 매료되곤 했다.

근대의 유럽인들에게 있어서 동경의 대상으로서의 '이국적'이라는 말은 하렘이라든가, 낙타라든가, 수크 북아프리카나 중동의 야외 시장라든가, 콧수염을 기른 하인이 주전자를 높이 쳐들고 쟁반에 놓인 작은 유리잔에 따라주는 박하차 같은 좀 더 낯설고 화려한 풍물에 붙이는 표현이었다. 이처럼 19세기 전반기에 '이국적'이라는 말은 '근동'이라는 말과 동의어가 되었다. 그러다가 근동에서 벗어나 점차 더 먼 곳인 인도를 거쳐 중국, 일본에까지 관심이 확대되었다. 유럽이 동양에 관심을 갖게 된 역사적 배경은 1798년 나폴레옹의 이집트 원정, 1821년 터키로부터의 그리스 독립 전쟁, 1830년 프랑스의 알제리 정복 등이다. 19세기 전반 북아프리카를 식민화하려 한 프랑스의 야심은 예술가들 사이에 오리엔탈리즘의 유행을 불러일으켰다.

낭만주의의 대표적 화가 외젠 들라크루아는 1832년 프랑스의 루이필리프 정부 사절단의 일원으로 모로코를 방문했다. 그는 모로코의 한 항구도시에 도착한 지 석 달이 안 되어 그 지방 옷을 입고 다녔으며, 형에게 보낸 편지의 말미에 '아프리카인'이라고 서명했다. 1832년 1월 친구에게 쓴 편지에는 "나는 지금 이 순간, 꿈을 꾸면서 꿈속에서 자신이 보고 있는 사물들이 사라질까 봐 두려워하는 사람과 같은 심정이다"라고 적었다. 그만큼 그는 모로코 여행을 통해서 본 것들에 대해 큰 인상을 받았고 그것이 사라질까 봐 심히 두려워했다.

　무엇보다 모로코 여행은 들라크루아에게 미술의 감각적 수단인 색채와 빛에 대한 인식을 심화시켰다. 1834년에 살롱에 출품된 〈알제리의 여인들〉은 모로코 여행에서 돌아오는 길에 잠시 들른 알제리에서 본 여인들의 모습을 그린 것이다. 그림 속 여인들은 아주 한가하고 단조로운 세계 안에 갇혀 있는 듯하다. 여인들은 한 공간 안에 있지만 모두 제각각인 표정과 시선을 가지고 있다. 그들의 표정에선 권태와 관능이 동시에 우러난다. 흰 피부와 검은 피부의 극단적 대조는 이 그림을 더욱 극적으로 만들어준다. 가만히 들여다보면 여인들을 둘러싼 배경과 바닥의 풍경이 눈에 들어온다. 여인들의 맨발, 물담배, 그리고 커튼에 그려진 이슬람 문자, 벽에 장식된 문양 등은 이곳이 하렘이라는 사실을 알려준다. 들라크루아에게 이국적 문명과의 새로운 만남이 초래한 결과는 실로 어마어마한 것이었다. 우선 하렘의 여자를 포함한 '동방'이라는 주제는 그의 색채를 밝게 만드는 결성적 계기기 되었다.

　고전주의 화가 자크 루이 다비드Jacques-Louis David 의 수제자인 앵그르도 들라크루아처럼 이국적 풍경과 취향에 매료되었다. 그 역시 남성들의 시선이 침투할 수 없는 장소인 하렘의 깊숙한 곳을 찾아들어갔다. 이슬람 세계에 대한 무한한 동경이 팽배했던 19세기 유럽인들에게 금단의 구역, 궁정의 밀실인 하렘은 훔쳐보고 싶은 욕망의 보고였다. 더욱이 문명국가인 프랑스 화가들에게 유럽 문화와 유럽 여인들은 더 이상 환상을 자극하지 못했다. 그들이 상상할 수 있는 온갖 타락과 퇴폐의 일단을 상징하는 것이 바로 이슬람의 하렘이었다.

　앵그르는 하렘의 여자를 주제로 몇 개의 그림을 그렸다. 〈터키탕〉, 〈발팽송의 목욕하는 여인〉, 〈대大 오달리스크〉, 〈노예와 함께 있는 오달리스크〉 등이 그것이다. 오달리스크Odalisque 는 오스만투르크 제국의 궁정 하녀인 오달릭Odalik을 프랑스식으로 읽은 것이다. 다시 말해 오달리스크는 터키 궁정에서 왕 또는 후궁의 시중을 들던 여자들을 일컫는다.

　앵그르가 이탈리아에 체류하던 당시 나폴레옹의 여동생인 나폴리 왕국의 카롤린 뮈라 여왕의 주문으로 제작한 〈대 오달리스크〉는 19세기 스타일의 비너스인 셈이다.

　오달리스크는 지금까지의 비너스와는 달리 등을 돌리고 얼굴과 몸을 반

장 오귀스트 도미니크 앵그르, 〈발팽송의 목욕하는 여인〉
캔버스에 유채, 146×98cm, 1808년, 파리 루브르박물관

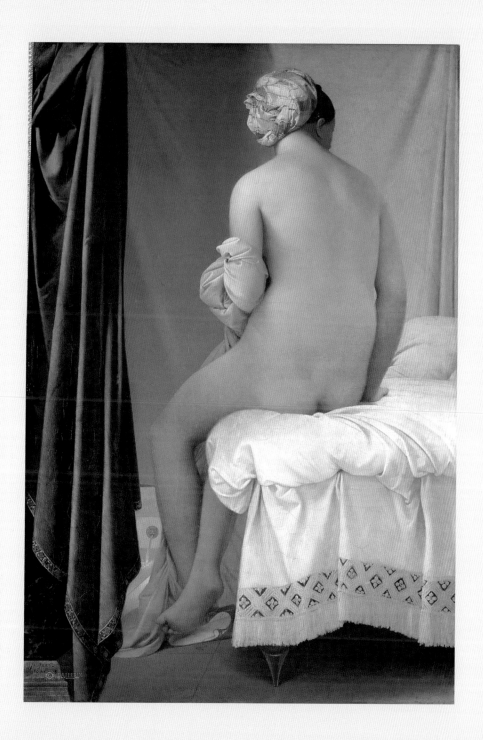

장 오귀스트 도미니크 앵그르, 〈대 오달리스크〉
캔버스에 유채, 91×162cm, 1814년, 파리 루브르박물관

쯤만 보여준다. 그리하여 이런 등 돌린 자세는 더욱더 관음의 호기심을 부추긴다. 더욱이 이 그림은 실제 여인의 허리 길이보다 척추 뼈가 서너 마디쯤 길게 그려졌고, 대담한 데포르마시옹Déformation, 형태 왜곡으로 유명하다. 일찍이 르네상스 시대 라파엘로 산치오Raffaello Sanzio의 우아미에 매료된 앵그르는 유려함을 더욱더 강조하기 위해 그리스 조각의 미적 요소를 과장되게 표현했다. 이 그림은 전통적인 원근법과 명암법을 무시하고 형태의 윤곽을 짓는 유려하고 정묘한 선들이 서로 이어지는 아라베스크에 의해 화면을 구성한 것으로 앵그르 미학의 결정체다.

무엇보다 이 그림은 작가(또한 수집가)가 얼마나 오리엔탈리즘에 푹 빠져 있는지를 보여준다. 짙푸른 광택의 비단, 침상의 벨벳과 모피 깔개, 물담배 그리고 다리를 간질거릴 듯한 공작털로 만들어진 부채, 가죽 팔찌, 진주로 장식된 터번 등은 분명 오리엔탈리즘적 취향을 보여주는 장치들이다. 그뿐 아니라 〈노예와 함께 있는 오달리스크〉 역시 하렘의 여자들, 노예, 악사 등과 더불어 오리엔탈 장식이 넘쳐난다. 이런 화려한 미장센은 여성의 나른한 누드와 더불어 권태로움의 극치를 더욱 강조한다. 〈터키탕〉은 또 어떤가? 여성들만의 공중목욕탕만큼 남성들의 관음을 촉발하는 장소는 없으리라.

그렇다면 이런 그림을 그린 앵그르는 동방을 여행하고, 하렘에도 가보고, 오달리스크 비슷한 여자에게 연정이라노 느꼈던 깃일끼? 이니다! 그는 사

장 오귀스트 도미니크 앵그르, 〈터키탕〉
패널에 유채, 108×110cm, 1862년, 파리 루브르박물관

실 투르크 제국 근처에도 가보지 못했다. 당시에 대부분의 유럽인들이 그랬던 것처럼 말이다. 그래서인지 실제로 한 번도 가보지 못한 〈터키탕〉의 목욕하는 여자들을 그리기 위해 여러 여성 누드를 몽타주하는 방법을 택했다. 그 때문에 어딘가 비례가 어긋나 있고 원근법도 왜곡되어 있다.

형식적으로는 고전주의자였던 앵그르 역시 심리적으로는 낭만주의자였음에 틀림없다. 먼 곳에 대한 상상이 얼마나 환상적인 힘을 가지고 있는지를 잘 보여주었기 때문이다. 다큐가 아닌 픽션, 꿈꾸는 자의 상상력만큼 힘이 센 존재가 없다는 사실을 앵그르의 하렘 그림을 통해 배우게 된다.

천박함

나는 네가 천해서 좋다

조선 시대 인조 임금과 그 주변 여자들의 암투와 음모를 그린 JTBC의 드라마 〈궁중잔혹사〉에서 잊히지 않는 대사가 하나 있었다. 늙은 인조는 여염집 여자를 마다하고 양반가의 첩의 딸로 태어나 소외당하고 살아온 얌전에게 사랑을 느낀다. "나는 네가 천해서 좋다." 이 말은 무슨 의미일까? 천한 것이 귀한 것을 이길 수 있었던 것인데, 왜일까?

이스탄불의 성 소피아 성당을 건조한 유스티니아누스Flavius Petrus Sabbatius Justinianus 황제는 창녀 출신의 여성과 결혼했다. 그녀가 바로 테오도라 황후다. 어찌하여 천한 신분의 여자가 황제의 아내가 되었고, 어떻게 비잔틴 제국의 일등공신이 되었을까? 전언에 따르면 그녀가 아마존에서 창녀로 일하던 시절, 무일푼의 낯선 이방인 한 명을 환대했다고 한다. 그 남자는 그녀에게 자신이 가진 모든 것을 주었는데, 그래 봤자 반지 하나와 왕이 되면 그녀와 결혼하겠다는 약속이 전부였다. 바로 그 남자가 6세기 비잔틴 제국의 황제 유스티니아누스였던 것이다. 그렇게 그녀는 황후가 되었다.

테오도라는 원래 서커스의 곰 조련사의 딸로 태어나 거리를 떠도는 곡예사로 살았다. 특히 그녀는 스턴트 연기의 달인으로 사람들을 매료했다. 밤

〈테오도라 황후와 시종들〉
벽화, 547년, 이탈리아 산 비탈레 성당

가볏고 춤을 추는 것은 기본이고 외설적인 내용의 모노드라마도 펼쳤다. 심지어는 훈련된 거위들로 하여금 자신의 성기에서 보리 알갱이를 주워 먹도록 하는 특별 공연을 감행하기도 했다. 어찌나 성욕이 강했던지 하루 저녁에 열 명 이상의 남자와 지낸 뒤에 또다시 길거리에 나가 또 다른 서른 명의 남자들과 관계했다고 전해진다.

또 다른 전설에 따르면, 비잔틴 제국의 왕위 계승자였던 마흔 살의 유스티니아누스가 양모를 짜던 갓 스물을 넘긴 테오도라의 모습을 창문 너머에서 훔쳐본 뒤 감당할 수 없는 사랑의 열정에 사로잡혀 그녀의 신분을 귀족으로 격상시키고 아내로 삼았다고도 한다. 어쨌거나 그녀는 아름다운 외모와 우아한 자태, 검고 총기 가득한 눈망울을 비롯해 재치와 익살과 음탕함을 고루 갖추고 있었다. 재색을 겸비한 테오도라는 사실 제국의 공동 통치자나 다름없었다. 나름 유능한 통치자였던 황제는 테오도라를 '현명한 조언자'로 생각했고, 중요한 문제가 생길 때마다 그녀의 판단에 의존했다.

527년 유스티니아누스가 비잔틴 제국의 황제가 되었을 때 반대파들이 많았다. 그런 불만은 반란으로 이어졌고, 그때 황제는 도망갈 궁리를 했다. 테오도라는 황제에게 "왕위는 가장 훌륭한 수의"라는 옛 속담을 강조했다. 그녀는 자줏빛 도포를 벗고 도망을 가느니 차라리 황제로 죽는 편이 낫다고 왕을 설득했다. 이에 용기를 얻은 유스티니아누스는 벨리사리우스 장군에

〈테오도라 황후와 시종들〉 세부 중 테오도라 황후

게 반란을 진압할 것을 명령했다. 이 진압과정에서 3만여 명의 반대파가 학살을 당했고 콘스탄티노플은 잿더미가 되었다. 그때 타버린 성당을 다시 지었는데 이것이 그 유명한 성 소피아 성당이다. 이처럼 왕은 산전수전 다 겪은 강인한 테오도라의 조언을 그대로 따랐다.

지혜는 '듣는 마음'이라는 《탈무드》의 말처럼 황제는 지혜로운 여자를 따랐고 진정 영웅이 될 수 있었다. 이처럼 남성 속에 내재한 위대한 신과 영웅을 불러내는 힘, 그것은 바로 여자들만이 가진 막강한 능력일 것이다. 유스티니아누스는 평생 맹목적으로 테오도라를 사랑했지만 그녀는 쉰한 살에 암으로 사망한다. 그리고 테오도라의 죽음과 함께 비잔틴 제국도 종말을 맞았다. 비잔틴 제국의 마지막 수도였던 라벤나의 산 비탈레 성당에 가면 유스티니아누스 황제와 테오도라 황후의 모자이크 벽화가 서로 마주보고 있는 것을 볼 수 있다. 이 벽화는 그 당시 비잔틴 문화가 얼마나 찬란하게 꽃피었는지 자명하게 보여준다. 그 후광과 위엄은 유스티니아누스를 예수처럼, 테오도라를 천상의 여성인 성모마리아처럼 느껴지게 한다.

창녀 출신으로 한 남자를 역사상 최고의 통치자가 되도록 만든 여성이 있었다면, 반대로 한 남자를 서서히 파멸시키고 추락시킨 창녀가 있다. 바로 프랑스 최고의 시인 샤를 피에르 보들레르의 연인이었던 잔 뒤발이다. 프랑스 식민지에서 흑백 혼혈로 태어난 잔은 극단에서 단역을 맡던 여성이었다. 그녀는 키가 컸고, 몸이 아주 검었다. 가슴은 빈약한 데다 걸음걸이는 이상했다. 이처럼 잔은 아름답다고 할 수 없는 외모를 지녔다. 게다가 알코올과 약물 중독에 빠져 있었고, 어리석고 탐욕적인 데다 이미 다른 남자의 정부였다. 보들레르는 잔에게 끊임없이 구애했지만, 그녀는 사랑을 쉽게 허락하지 않았다. 교묘하게도 잔은 보들레르의 구애를 거절하면서도 끊임없이 그의 재산을 챙겼다. 잔은 먹이를 앞에 둔 육식동물처럼 보들레르를 갉아먹었다.

보들레르의 친한 친구였던 에두아르 마네Edouard Manet는 〈기대 있는 보들레르의 정부〉를 그렸다. 마네가 잔의 초상화를 그릴 무렵 그녀는 이미 중풍으로 인해 신체 마비 증세를 보였다. 이 그림에서 잔은 〈바람과 함께 사라지다〉에나 나올 법한 커다란 드레스를 입었다. 흰색 벨벳으로 잔뜩 부풀려 만든 옷이 검은색 소파에 파도치듯 펼쳐져 있다. 그녀의 안색은 어둡고, 코는 뭉개졌으며 입술이 얇은 데다 눈은 그늘에 가려 보이지도 않는다. 아마 그녀는 시력을 잃었고 몸도 이미 썩어가고 있는 중이었던 같다. 어쩐지 그 모습은 보들레르가 편지 속에서 어머니에게 토로했던 잔에 대한 쓸쓸한 불평을 떠올리게 한다. 잔인한 지배욕, 아무것도 배우려 하지 않는 점, 어떻게 해볼 수 없는 아둔함과 비열함, 가학적인 동시에 피학적인 관계, 사랑하면서도 동시에 증오하는 여인에게 어쩔 수 없이 묶여 지내는 자신의 상황 등을

에두아르 마네, 〈샤를 피에르 보들레르〉
1862년

Peint et Gravé par Manet 1862.   Imp. A. Salmon.

Dessin de
Baudelaire.
27. fev.
1865

quærens
quem
devoret.

그는 편지에 묘사했다.

왜 보들레르는 평생 이 여성에게 끌렸을까? 사실 어머니의 영향 때문이다. 그의 어머니는 스물여덟 살에 예순두 살의 파계한 성직자와 결혼하여 보들레르를 낳았다. 그 아버지는 보들레르가 여섯 살 때 사망한다. 어머니는 이듬해 육군 소령과 재혼한다. 유년 시절부터 보들레르가 줄곧 보아온 것은 남자에게 아양과 교태를 떠는 어머니의 모습이었다. 이런 어머니의 모습은 그의 무의식에 쌓여, 잔을 어머니와 동일시하도록 만든다.

보들레르는 양부의 유산 절반을 단 2년 사이에 잔을 위해 탕진했을 정도로 그녀에게 처절하게 매달렸다. 어머니와 양부가 소송을 제기하여 한정치산자로 선고받았을 만큼 말이다. 보들레르는 30대에 중풍이 올 만큼 방탕한 생활을 했던 잔에게 광적인 사랑과 구애의 시를 바친다. 40대의 그녀가 입원하자 보들레르는 병원비와 간병인 비용을 댔다. 어느 날 보들레르는 자신의 눈앞에서 사라진 잔이 중풍으로 고생하다 알코올 중독으로 요양원에서 죽었다는 이야기를 들었다. 이후 시인으로서의 보들레르의 생명도 끝난다. 언젠가 그는 이렇게 이야기했다. "이 여인은 나의 유일한 위안이며, 쾌락이고, 친구입니다. 갖가지 파란을 겪으면서도 이별하겠다고 생각한 적은 한 번도 없었습니다. 지금까지도 아름다운 물건이나 경치를 보면 그 여인을 연상하게 되어 저 스스로 놀라곤 했습니다." 사랑하고 중요한 대상을 잃어

샤를 피에르 보들레르, 〈잔 뒤발〉
1865년

버린 시인은 산책길에 쓰러져 반신불수가 되고 실어증까지 걸려 마흔여섯의 나이에 사망한다.

잔 뒤발에 대한 사랑은 비단 보들레르의 심리적 무의식에 기인한 것만은 아니다. 사실 보들레르와 같은 부르주아 예술가에게 있어 창녀와의 사랑은 부르주아적 도덕과 가치에 대한 저항이었다. 보들레르는 말한다.

> 창녀는 뿌리 뽑힌 자요, 사회에서 쫓겨난 자이며, 사랑의 제도적, 부르주아적 형태에 반항할 뿐 아니라 사랑의 자연적인 정신적 형태에 대해서도 저항하는 반항아들이다. 창녀는 격정의 와중에서도 냉정하고, 언제나 자기가 도발시킨 쾌락의 초연한 관객이며, 남들이 황홀해서 도취에 빠질 때에도 그녀는 고독과 냉담을 느낀다. 요컨대 창녀는 예술가의 쌍둥이인 것이다. 창녀에 대해서 보이는 데카당스 예술가들의 이해심은 감정과 운명의 이러한 공통성에서 생겨난다.

보들레르는 평생 이 사악한 여자에게서 벗어나지 못했다. 그럼에도 〈악의 꽃〉을 비롯한 수많은 시들의 영감의 근원이었던 잔이야말로 보들레르의 오직 하나밖에 없는 검은 뮤즈가 아니었을까.

집착

쫓 는 남 자 와 쫓 기 는 여 자 들

남성이 쫓고 여성은 달아나는 그림이 있다. 여성은 분명 남성을 거부하고 있는데, 남자는 여성의 의사에 아랑곳하지 않고 저승길까지도 쫓아다닐 기세다. 마치 빨리 깨어나고 싶은 불길한 꿈처럼 쫓고 쫓기는 그림, 예술사에는 스토킹하는 장면을 그린 그림이 넘쳐난다.

스토커Stalker 혹은 스토킹Stalking은 '몰래 접근하다', '미행하다'라는 뜻의 영어 단어 'Stalk'에서 유래된 말이다. 관심 있는 상대를 일방적으로 집요하게 쫓아다니며 괴롭히는 사람과 그런 사람의 병적인 증후 혹은 행위를 일컫는다. 비틀스의 멤버였던 존 레넌, 이탈리아의 패션 디자이너 지아니 베르사체 등은 스토커에 의해 살해되었다. 스토커는 전혀 모르는 상대일 수도 있고, 사랑을 거절당한 상대일 수도 있다. 사회적 약자일 가능성도 있다.

반대로 스토커는 아폴론처럼 잘생기고 멋진 데다 권력을 소유한 남성일 경우도 있다. 사실 아폴론이 월계관을 쓰고 있는 이유도 스토커가 될 수밖에 없었던 사연도 모두 첫사랑에게 받은 깊은 상처 때문이다. 게다가 그 첫사랑의 실패가 순전히 에로스(큐피드) 때문이었다. 어느 날 아폴론은 조그만 화살통을 메고 다니는 에로스를 만난다. 올림포스 신궁에서 활과 화살통을 메고 다니는 존재는 아폴론과 에로스 둘뿐이다. 에로스를 만난 아폴론은 장난감 같은 화살로 무얼 하겠냐며 조롱했다. 화가 난 사랑의 신 에로스는 아폴론에게 황금 화살을 쏘아 아름다운 요정 다프네를 사랑하게 만들고, 다프네에게는 미움의 납 화살을 쏘아버렸다. 화살에 맞은 순간, 아폴론은 하필이면 남자에겐 도통 관심이 없는 선머슴 같은 다프네에게 반해버리고 말았다. 그리하여 아폴론은 끈질기게 구애해야 할 운명, 반대로 다프네는 아폴론을 미워하고 피해 다녀야 할 운명의 쌍곡선이 펼쳐졌다.

스토커와는 한 번쯤 막다른 골목에서 마주치게 마련이다. 다프네가 아폴론의 손아귀에 막 들어오려는 순간, 그녀는 더 이상 피할 수 없다는 것을 알고 강의 신인 아버지 페네오스에게 도움을 청한다. 자신의 아름다움을 거두어달라고 말이다. 이에 아버지는 딸의 모습을 월계수로 변하게 만들었다. 그 후 아폴론은 다프네를 잊지 못하여 월계수의 나뭇가지로 관을 만들어 쓰고 다녔다.

다프네와 아폴론의 신화는 여러 시대에 걸쳐 작가들에게 큰 사랑을 받았다. 특히 바로크 시대의 거장 조반니 로렌초 베르니니Giovanni Lorenzo Bernini의 조각만큼 스펙터클한 작품은 드물다. 미켈란젤로의 화신이라 할 만큼 뛰어난 조각가였던 베르니니는 월계수가 되는 순간의 다프네의 모습을 아주 섬세하게 묘사했다. 이 작품은 오비디우스의《변신 이야기》처럼 다프네의 머

안토니오 델 폴라이우올로, 〈아폴론과 다프네〉
패널에 유채, 25.9×20cm, 1470~1480년, 피렌체 우피치미술관

리카락은 잎사귀로, 허벅지는 나무껍질로, 발가락은 뿌리로 변하여 대지를 움켜쥐고, 두 팔에서는 가지가 뻗어나오고 있는 장면을 보여준다.

아폴론과 다프네의 사랑은 무엇을 의미하는 것일까? 통상 다프네 이야기는 관능적 사랑을 극복하는 정절의 승리로 해석된다. 그렇지만 가만히 들여다보면 사랑을 위해 명예를 마다하는 남자 혹은 사랑만을 좇는 남자의 종말을 보여주는 것이라고도 할 수 있지 않을까? 아폴론이 황금 투구를 버리고 월계수로 관을 만들어 머리에 쓰고 다프네를 축성한 것은 분명 명예보다 사랑을 선택한 것이라고 할 수 있다.

아폴론보다 더 씁쓸하고 불쌍한 스토커는 키클롭스Cyclops이다. 키클롭스는 외눈박이 거인족인데 그의 이름은 '둥근 눈'을 의미하는 그리스어에서 유래했다. 하늘의 신 우라노스와 그의 어머니이자 아내인 대지의 신 가이아 사이에서 태어난 키클롭스. 그는 눈이 하나밖에 없는 추한 모습의 거인 아들을 역겨워한 아버지 우라노스에 의해 오랫동안 지하세계인 타르타로스에 갇혀 있었다. 뛰어난 대장장이이기도 했던 그들은 훗날 가장 강력한 무기인 번개를 만들어 제우스에게 바치고 풀려난다. 이 키클롭스 중 하나인 폴리페모스Polyphemus는 오디세우스의 모험 중 세이렌과 더불어 시각적 스펙터클을 보여주는 스토리의 주인공으로 유명하다. 즉 오디세우스 일행을 잡아먹고, 결국 오디세우스의 지략에 의해 눈이 멀게 되는 스토리의 주인공

말이다.

그 외눈박이 거인 폴리페모스는 바다의 님프인 갈라테이아의 아름다운 모습을 보고는 지독한 사랑에 빠졌다. 그런데 갈라테이아는 이 거인에게 눈길 한 번 주지 않았다. 어느 날 폴리페모스는 해변에서 갈라테이아가 그의 연인 아키스와 사랑하는 모습을 발견하고는 분노를 이기지 못해 그들에게 커다란 바위를 던졌다. 갈라테이아는 바다로 몸을 피했지만, 아키스는 바위에 깔려 죽고 말았다. 통상 그렇듯이 내 여자를 죽이지 않고 내 여자의 내연남을 죽이는 것과 비슷한 황당한 시추에이션이다.

오귀스트 로댕Auguste Rodin과 같은 해에 태어난 상징주의 화가 오딜롱 르동Odilon Redon이 그린 폴리페모스는 그 어떤 키클롭스보다 섬뜩하고 애처롭다. 르동은 유년 시절 외숙부에게 수양아들로 보내졌다. 그는 형에게 애정을 듬뿍 쏟는 어머니를 보면서 스스로 버려진 존재라고 생각했다. 이런 외로움과 방치, 편애는 르동의 무의식에 차곡차곡 쌓여갔다. 그래서인지 그림 속 키클롭스는 마치 르동이 어머니의 사랑을 갈구하듯 갈라테이아를 처연하게 훔쳐보고 있는 듯하다. 키클롭스가 덩치만 큰 어린아이로 그려진 점, 눈 하나가 얼굴 전체를 차지하고 있는 점, 그 커다란 눈에서 금방이라도 왈칵 눈물이 쏟아질 것만 같은 점 등은 근원적 애정결핍의 폐해가 얼마나 큰 것인지를 보여준다. 즉 외눈박이 시랑이라는 건 세상과 인간을 제대로(입체

페테르 파울 루벤스, 얀 반 브뤼헐 더 영거, 〈판과 시링크스〉
캔버스에 유채

적으로) 볼 수 없다는 뜻이다.

또 한 명의 기괴한 존재, 반인반수인 판Pan도 유별난 스토커였다. 헤르메스의 아들이자 목동의 신인 판은 염소 얼굴에 뾰족한 귀 그리고 염소의 다리를 가지고 있다. 춤과 음악을 좋아하는 명랑한 성격을 가진 판은 잠들어 있는 인간에게 악몽을 불어넣기도 하고, 나그네에게 갑자기 나타나 공포를 주기도 한다. 이로부터 당황스러움과 공황, 공포를 의미하는 패닉Panic이라는 말이 유래했다.

판의 상징물 중의 하나가 높이가 다른 갈대를 엮어 만든 팬파이프(시링크스)인데, 이 물건이 판의 상징이 된 사연이 애달프다. 판은 님프 시링크스Syrinx를 사랑했지만 그녀는 그의 구애를 피해 달아났다. 시링크스는 아르카디아의 님프로 순결을 상징하는 처녀 신 아르테미스를 멘토로 삼았다. 어느 날 시링크스는 판이 쫓아오는 것을 알고 정절을 지키기 위하여 라돈강까지 달아났는데, 강물에 막혀 더 이상 도망치지 못했다. 판에게 잡히려는 순간, 시링크스는 강의 님프들에게 자신의 모습을 바꿔달라고 간청했다. 그리하여 그녀는 갈대로 변신했다. 아쉬워하던 판은 갈대가 바람과 어울려 내는 소리에 반하여, 몇 개의 갈대 줄기를 밀랍으로 이어 붙인 다음 피리를 만들었다. 이것이 팬파이프(판의 파이프라는 뜻)의 유래가 되었고, 그래서 팬파이프를 시링크스라고도 부른다. 이오니아의 에페소스에는 판이 시링크스를

파올로 베로네세, 〈아폴론과 다프네〉
캔버스에 유채, 1560~1565년, 캘리포니아 샌디에이고박물관

가두었다고 하는 동굴이 남아 있는데, 시링크스의 순결에서 연유하여 처녀성을 알아보는 데 쓰였다고 한다. 즉 처녀를 동굴 안에 들어가게 하면 진짜 처녀는 무사히 살아나오고, 그렇지 않은 경우에는 사라져버렸다고 하는 믿거나 말거나 스토리!

판은 관능적 쾌락을 좋아했고 그 때문에 르네상스 시대에 판은 정욕의 상징이 되었다. 그림 속에서 판은 님프 시링크스를 쫓아가지만 안타깝게도 그녀는 이미 갈대숲이 무성한 강변에 도착해 있는 장면으로 드러난다. 관능과 정욕에는 어쩔 수 없이 스토킹적인 요소가 따르기 마련이다.

"나 이 남자가 죽자 살자 쫓아다녀서 결혼했잖아!"

여전히 많은 결혼과 치정에 의한 살인은 귀여운 스토킹과 혐오스러운 스토킹 사이에 있다.

02

당신도 모르게
눈이 가는
그림들

추문

최초의 풍기문란죄, 미모는 무죄

얼굴이 예쁘면 죄마저도 용서된다? 조선 시대에도 남편을 살해한 여자가 법정에 섰을 때, 그 여인의 미모 덕분에 동정심을 사서 결국에는 아주 가벼운 죗값만을 물었던 사례가 있다고 한다. 고대 그리스의 프리네Phryne란 여성의 이야기도 이와 비슷하다. 기원전 4세기 아테네에 살았던 프리네는 지성과 미모를 겸비한 당대 최고의 헤타이라Hetaira였다. 헤타이라는 단순한 매춘부가 아니었다. 정치, 철학, 예술 등을 토론할 수 있을 정도로 교양을 갖춘 고급 매춘부를 말한다. 최하층을 상대하는 매춘부는 모멸적 의미를 담아 포르노이Pornoi라고 불렀다. 우리가 알고 있는 포르노Porno의 어원이다. 광범위한 지식과 매혹적인 대화로 남성을 상대하는 헤타이라는 일본의 게이샤 혹은 프랑스의 코르티잔과 비슷하다. 프리네 역시 당대의 저명한 정치가, 철학자, 시인, 고급장교 등의 비공식적 파트너 역할을 했다.

당대 유명 조각가 프락시텔레스가 아테나 여신상을 만들기 위해 프리네를 모델로 썼을 만큼 그녀는 비너스 뺨치는 용모를 지녔다. 당대 최고의 헤타이라였기에 자유로웠지만 아무에게나 사랑을 허락하지는 않았다. 그런데 이것이 결국 화를 부르고 말았다. 프리네에게 사랑을 거설낭한 고관대직

〈크니도스의 비너스〉
대리석, 높이 207cm, 기원전 330년, 바티칸박물관 143

에우티아스는 애욕에 눈먼 질투심에 사로잡혀 그녀를 신성모독죄로 법정에 고발했다. 표면적인 이유는 그녀가 포세이돈 축제와 엘레시우스 제전(곡물의 신인 데메테르를 기리는 축제)에서 알몸으로 머리를 풀어 헤친 채 바다 속으로 걸어가는 장면을 연출했다는 것이었다.

당시 그리스에서 신성모독죄는 사형까지도 받을 수 있는 대죄였다. 프리네의 연인이자 유능한 변호사였던 히페리데스가 그녀의 변호를 맡는다. 재판관들 앞에서 열변을 토하며 변론했지만 쉽게 설득당하지 않는다는 판단이 선 히페리데스는 순간적인 기지로 모험을 감행한다. 바로 프리네의 옷을 벗겨 알몸을 드러나게 한 것! 이때 히페리데스는 "프락시텔레스가 여신상을 빚을 만큼 아름다운 이 여인을 꼭 죽여야겠는가?"라고 외친다. 재판관들은 프리네의 눈부시게 하얗고 조각처럼 아름다운 몸에 넋을 잃고 결국 "저 아름다움은 신의 의지로 받아들여야만 할 정도로 완벽하다. 따라서 그녀 앞에선 사람이 만들어낸 법은 효력을 발휘할 수 없다. 그러므로 무죄를 선고한다"고 판결했다.

바로 이 프리네가 프락시텔레스에 의해 서양미술사상 최초의 여자 누드 조각상의 주인공이 되었다. 당시 프락시텔레스의 명성은 시인들이 찬양할 만큼 대단했으며 귀족들이 작품을 사기 위해 줄을 섰을 정도였다. 그의 작품은 대리석에서 느껴지는 차갑고 건조한 분위기를 찾아볼 수 없었고, 탄력 있는 피부결과 향기로운 살내음은 물론 따스한 체온이 느껴질 정도의 생생함을 두루 갖추었다. 더군다나 남자의 몸만이 누드로 제작되었던 시대에 여자를 대상으로 한 누드 작품을 처음으로 제작했다는 건 그가 무척 파격적인 예술가였음을 의미한다. 그 전까지 여성은 온몸 혹은 하체에 얇은 베일이 감싸여 있는 상태로 드러났어야만 했다. 그러니 그의 누드 조각품이 있는 도시에 엄청난 관광객이 몰려들었다는 것도 과장된 얘기가 아니다.

바로 프리네를 조각한 프락시텔레스의 대표작 〈크니도스의 비너스〉에 관한 얘기다. 기원전 350년경 프락시텔레스는 코스섬(터키 서남해의 섬) 주민들의 의뢰를 받아 프리네를 모델로 두 종류의 비너스 조각상을 제작한다. 하나는 옷을 입은 모습이고, 다른 하나는 전라의 모습이었다. 코스섬 주민들은 당시의 관습대로 여신의 누드상을 꺼려해서 옷을 입은 조각상을 구입했다. 다행히 애물단지가 된 전라의 여신상을 이웃 도시인 크니도스 사람들이 구입했다. 이후 크니도스는 이 조각을 보겠다는 사람들로 붐비기 시작했다. 관광 명소가 되어갔던 것이다. 뒤늦게 그 여신상의 가치를 알아챈 코스섬의 니코메데스 왕은 크니도스 사람들을 회유하며 전라의 조각상을 얻으려 했지만 주민들은 이런 제의를 완강하게 거절했다.

이 이야기의 전모는 서기 1세기에 플리니우스가 쓴 《박물지》에서 구체적으로 드러난다. "니코메데스 왕은 크니도스가 비너스를 내놓는다면 엄청난 금액의 부채를 탕감해주겠다고 제안했다. 하지만 크니도스 시민은 빚을 감당하기로 했다. 결국 프락시텔레스의 조각품 덕분에 크니도스가 유명해졌으니, 이들의 선택이 터무니없진 않았다."

당시 〈크니도스의 비너스〉에 대한 사람들의 호기심과 열정은 대단했다. 심지어 플리니우스는 "이 조각상을 너무 사랑한 한 남자가 숨어 있다가 밤이 되어 주위에 아무도 없자 조각과 사랑을 나누고 욕망의 흔적을 남겼다"고도 썼다.

사실 대중에게 더 잘 알려진 〈밀로의 비너스〉의 실제 모델이 누구였는지는 모른다. 〈크니도스의 비너스〉의 모델이 프리네였다는 사실은 훨씬 더 이 조각에 친밀감을 갖게 한다. 그렇지만 〈밀로의 비너스〉가 캐논과 조화와 비율에 있어서 훨씬 더 그리스 미학에 적합하다는 이유로 〈크니도스의 비너스〉가 미의 패러다임에서 물러난 것이다. 그럼에도 여전히 〈크니도스의 비너스〉는 최초의 여성 누드이자 여성 누드의 전형으로서 자리매김하고 있다. 사실 〈크니도스의 비너스〉의 원본은 소실되었고, 현재는 마흔아홉 점의 모작이 남아 있다. 프리네는 고대를 통틀어 가장 유명한 인물이 되었으며 19세기까지도 수많은 모사품이 제작되었다. 진품으로 여겨지는 그녀의 두상은 아테네 아크로폴리스미술관에 소장되어 있지만 끔찍하게 훼손되어 그 형체를 알아볼 수 없을 정도다.

프리네와 프락시텔레스는 갈라테이아와 피그말리온 같은 존재였다. 어느 날 프락시텔레스는 모델이자 연인이었던 프리네에게 자신의 조각 중에 가장 아름답다고 생각하는 것을 하나 고르면 선물로 주겠다고 했다. 갑자기 시험당하는 느낌이 들었던 그녀는 재치를 발휘해 묘안을 생각해낸다. 조각가가 가장 좋아하는 것이 가장 귀하고 멋진 걸작일 것이라는 생각이었다. 그리하여 프락시텔레스가 프리네와 함께 그녀의 집에 있을 때, 노예 한 명이 다급하게 다가와 작업실에 불이 나 조각상 몇 점이 불에 탔다고 소리치게 만들었던 것! 그러자 조각가는 "에로스와 사티로스 조각상만은 제발 무사했으면 좋겠다"며 탄식했다. 프리네는 묘한 미소를 띠며 사태를 얼른 수습하였고, 그 소각상을 달라고 요구했다. 프락시텔레스는 걸작을 빼앗겼다는 느낌보다 그녀의 재기 발랄함에 매혹되었다. 그리고 프리네는 이 작품을 쇠락해가는 자신의 고향을 부흥시키고자 테스피아이 신전에 바쳤다. 실제로 3세기 후 키케로는 "사람들이 테스피아이에 가는 단 한 가지 이유는 오로지 프락시텔레스의 〈에로스와 사티로스〉를 보기 위해서"라고 썼다.

19세기 중반 프랑스에서 인상주의가 판을 치던 시기에 장 레옹 제롬Jean-Léon Gérôme이 그린 〈재판관 앞에 선 프리네〉는 기묘한 관음증적 시선을 환기하는 막강한 힘이 있다. 신고전주의적인 양식으로 그려진 아카데믹한 이 그림은 조각보다 더 환상적으로 숨어 있는 이야기에 흥미를 갖게 한나. 베일을 벗기는 변호사와 경악하는 재판관들의 시선과 얼굴을 가리는 프리네의 모습을 극적으로 표현했다. 이처럼 삼박자가 척척 맞아떨어질 수 있는가! 게다가 오른쪽의 작은 아테나 상은 그녀가 아테나 상의 모델로 미모뿐만 아니라 지혜와 지성의 소유자였음을 상징한다. 이로써 프리네는 아름다움과 지성을 구현한 여신으로 승격된다. 결국 아름다운 건 무조건 무죄가 되는 진실 혹은 현실일 수도 있겠다.

무지

뚜껑 열리게 하는 사람들

여자에게 뚜껑을 열게끔 하는 남자? 남자의 뚜껑을 열리게 만드는 여자? 신화에서는 뚜껑을 열어보기 좋아하는 여자들이 말썽이다. 그 여자가 판도라Pandora, 원어로는 Pandōrān다. 그녀는 어찌하여 생각 없는 여자라는 오명을 쓰게 되었을까?

우선 판도라는 그리스 신화에 나오는 인류 최초의 여성이다. 그녀의 탄생 일화는 매우 흥미롭다. 판도라는 프로메테우스가 인간에게 불을 훔쳐다 준 벌로 제우스가 만든 여자다. 제우스는 최고신인 자기보다 인간을 더 사랑하는 프로메테우스를 못마땅해했다. 이유인즉슨 프로메테우스가 제물인 짐승 고기의 맛있는 부분을 자기보다 인간이 더 많이 가지도록 계략을 꾸며 심기를 불편하게 하더니, 급기야 불을 인간에게 훔쳐 주기까지 했다는 사실 때문이다. 제우스의 분노는 극에 달했다. 금기를 어긴 프로메테우스는 코카서스 산 정상에서 쇠사슬에 묶여 하루에 한 번 독수리에게 간을 쪼아 먹히는 엄청난 고통이 따르는 벌을 받게 된다. 그러나 의학적으로 볼 때 간은 재생성이 있어, 그 이튿날 다시 정상으로 돌아오니 제우스는 좀 더 교묘한 벌을 준비했다.

존 윌리엄 워터하우스, 〈판도라〉
캔버스에 유채, 152×91cm, 1896년, 개인 소장

제우스는 프로메테우스에게 가장 큰 징벌은 그가 사랑하는 인간을 괴롭히는 일이라는 걸 잘 알고 있었다. 그리하여 대장장이의 신 헤파이스토스로 하여금 여신을 닮은 어여쁜 처녀를 만들게 했다. 그러니까 제우스는 최초로 인간(남자보다 더 아름다운 인간인) 여자를 빚었다. 제우스는 신들로 하여금 이 여성에게 고귀한 재능 하나씩을 선물하게 했다. 아테나는 생명과 옷을 주었다. 또한 아프로디테는 남성이 사랑하지 않을 수 없을 만큼의 아름다움을 주었다. 아폴론은 음악적 재능을 주었고, 헤르메스는 자기처럼 교활하고 배신하는 성질과 설득력을 부여했다. 그리하여 이 젊은 여자는 '모든 선물을 받은 여인' 혹은 '모든 선물을 가지고 다니는 사람'이라는 뜻을 가진 판도라가 되었다.

또한 제우스는 판도라에게 커다란 상자(항아리)를 하나 주면서 절대로 열어보지 말라고 경고한 뒤에, 그녀를 프로메테우스의 아우인 에피메테우스에게 선물로 보냈다. 프로메테우스는 코카서스 산으로 떠나기 전 동생에게 신신당부했다. "제우스의 선물은 무엇이든 받지 말라!"고 말이다. 그러나 에피메테우스는 형의 충고를 깜빡 잊어버리고 판도라의 미모와 재능에 반해 그만 그녀를 덥석 받아들이고 만다. 제우스는 인간에게 벌을 내리려면 똑똑한 프로메테우스('먼저 생각하는 자'라는 뜻)가 아닌 미련한 동생 에피메테우스('나중에 생각하는 자'라는 뜻)에게 판도라를 보내는 편이 훨씬 효과적

질 조제프 르페브르Jules Joseph Lefebvre, 〈판도라〉
캔버스에 유채, 132×63cm, 1872년, 부에노스아이레스 벨라아르테스박물관

이라는 것을 간파했던 것이다.

그렇지만 모든 결혼 생활이 그렇듯이 판도라와 에피메테우스가 처음부터 불행했던 것은 아니다. 판도라는 에피메테우스와 평화로운 나날을 보내다가 문득 제우스가 준 상자가 생각났다. 제우스의 경고가 떠올랐으나 호기심이 두려움을 앞섰다. 상자를 열어본 순간, 슬픔과 질병, 가난과 전쟁, 증오와 시기 등 온갖 악惡이 쏟아져 나왔다. 크게 놀란 판도라가 황급히 뚜껑을 닫았다. 그리고 마지막까지 나오지 못한 것이 있었으니 그것이 바로 '희망'이다.

이 신화는 판도라 사건 이후 인간이 이전에는 겪지 않았던 고통을 겪게 되었지만, 희망만은 간직하게 되었다고 말하고 있다. 상자에 남은 희망은 어떤 불행한 일을 겪어도 희망만은 곁을 떠나지 않는다는 긍정적인 의미로 해석되기도 하지만, 비관적인 관점에서는 불행 속에서 이루어지지 않는 것을 바라는 헛된 희망이란 의미로 쓰이기도 한다.

프로메테우스가 만든 최초의 인간은 남성이 되었고, 제우스가 만든 두 번째 인간에게는 여성이라는 이름이 붙었다. 첫 인간을 프로메테우스 혼자 만들지 않고, 제우스와 여러 신들이 합작해 만들었다면 남자들이 훨씬 더 복잡하고 기묘한 존재가 되었을까? 제우스는 판도라가 인간을 위해 만든 선물이라고 했지만, 실상은 인간을 혼란스럽게 하고 분쟁을 일으키려는 의도

단테 가브리엘 로세티, 〈판도라〉
수채, 1878년, 영국 파링던컬렉션

가 숨겨져 있었다. 다시 말해 인간의 약점을 잘 알고 있었던 제우스는 판도라를 통해 인간에게 내리는 온갖 형벌이 들어 있는 상자를 열어볼 수밖에 없게 만들었던 것이다. 그렇게 하여 인간들의 세상에는 아름다움이 보태졌지만 전과는 비교할 수 없을 만큼 복잡하고 미묘한 갈등과 분쟁이 끊임없이 일어나도록 조장했다. 마치 이브가 아담으로 하여금 선악과를 따도록 부추겨 낙원에서 쫓겨났듯이, 판도라 또한 상자를 열어봄으로써 희로애락애오욕의 인간사를 적나라하게 맛볼 수 있도록 만들었던 셈이다. 인간은 결국 호기심과 욕망 때문에 지루한 천국에서 탈출하여 재미있고 드라마틱한 지옥에 살게 된 것이다.

'판도라의 상자'는 여자 자체가 재앙, 허영, 불행의 상징으로 남자에게 짐과 재앙이 된다는 의미를 보여주는 것일지도 모른다. 아니면 반대로 여러 신의 속성을 물려받은 최초의 여자 판도라가 틀림없이 남자보다 우월한 존재였음을 암시하는 것일 수도 있다. 머리 나쁜 에피메테우스(나중에 생각하는 자라는 뜻)와 살았으니, 판도라는 시도 때도 없이 뚜껑(?)이 열렸을 수도 있다.

통상 판도라의 상자는 모든 악과 질병의 근원으로 여겨진다. 여기서 중요한 사실은 이 상자라는 단어가 '질'을 가리키는 속어이기도 하다는 점이다. 독일어, 프랑스어, 네덜란드어에서는 모두 그런 중의적인 의미를 띠고 있

알렉상드르 카바넬, 〈판도라〉
캔버스에 유채, 70.2×49.2cm, 1873년, 볼티모어 월터스박물관

다고 한다. 인간의 가장 큰 호기심은 성적인 호기심이다. 아이의 첫 질문은 "아기가 어디서 나왔느냐"라는 근원에 대한 것과 "왜 나의 것은 엄마(누나)의 것과 다른가"라는 성차에 대한 인식에서 출발한다. 인간이 성적 차이를 알게 되면서부터 그곳은 금기와 억압의 장소가 된다. 보아서도, 만져서도, 가져서도 안 되는 곳이 되어버린다. 그리하여 여성의 성기(질)는 악의 상징이 되었다.

이는 자크 데리다Jacques Derrida의 '이빨 달린 자궁Vagina Dentata'이라는 개념과도 상통한다. 무의식적으로 남성들은 질에 들어서고자 할 때 자신이 커다란 위험에 놓여 있다는 묘한 느낌이 든다는 것이다. 오스트리아 화가인 알프레드 쿠빈Alfred Kubin의 그림에는 여성에게 잡아먹힐까 봐 두려워하는 남성의 무의식적 심리가 잘 묘사되어 있다. 여성 혐오를 바탕에 깐 농담들 중에는 끝을 알 수 없는 질의 깊이에 대해 얘기하는 것들도 많다. 물론 이런 비유는 세상 모든 악의 근원이 여성의 성기라는 편협한 남성 지배 이데올로기의 집단무의식을 담고 있는 것이리라.

상자나 항아리를 들고 호기심 어린 눈빛으로 열까 말까 망설이는 모습을 담은 그림이 꽤 여럿 있다. 판도라가 받은 것은 본래 항아리였으나 이후 이야기가 퍼져나가는 과정에서 상자(보석 상자)로 번역되었다고 한다. 따라서 현재는 상자가 훨씬 유력하게 쓰이지만, 고대 그리스나 르네상스 시대의 그림에는 항아리와 상자가 골고루 등장한다. 상자를 들고 있는 사람은 대부분 판도라이지만, 가끔 프시케일 경우도 있다. 에로스의 연인이자 아내인 프시케는 에로스를 보지 말라는 금기를 어겨 시어머니인 아프로디테를 찾아가 명을 받는다. 마치 신데렐라와 콩쥐처럼 프시케 역시 온갖 역경을 거치며 지하세계의 하데스에게 다녀온다. 그리고 아프로디테로부터 페르세포네가 주는 여신들의 아름다움에 관계된 비밀스러운 보물이 담긴 상자를 절대 들여다보면 안 된다는 명령을 받는다. 그렇지만 그녀는 더 아름다워지고 싶은 욕망에 그만 상자를 열어본다. 상자 속에서 나온 것은 죽음의 잠이었고, 단박에 그녀를 덮쳐버렸다. 따라서 상자를 열어보는 장면이 있는 그림이라고 하더라도 상자를 갖고 지하세계(머리 셋 달린 개가 등장하는 등)를 빠져나온다든지, 상자를 여는 동시에 잠에 빠져버리는 모습을 담은 것은 프시케로 보는 것이 옳다. 모든 상자는 불길하고 그렇기 때문에 흥미롭다.

공포

사 랑 하 면   다 친 다

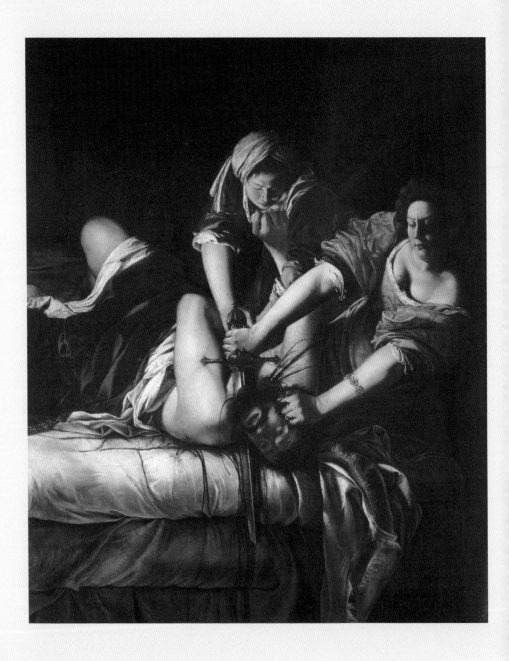

왜 서양미술사에서는 유독 목 자른 그림을 선호할까? 아름답다기보다는 혐오스럽고 공포스러운 그림을 왜 그리는 것일까? 세례요한의 목을 베어달라 청하는 살로메, 홀로페르네스의 목을 베는 유디트 등 목 베는 여성도 여럿이다. 그중에서도 페르세우스에 의해 잘린 메두사의 머리는 좀 이채롭고 그렇기에 더 충격적이다. 앞선 두 주제와는 달리 여자가 목이 베였고 그 머리가 뱀으로 휘감겨 있다는 사실 때문이다. 메두사는 어쩌다가 목이 잘렸고 머리카락은 왜 뱀으로 변했을까? 더군다나 전쟁과 지혜의 여신 아테나의 방패에 메두사가 새겨져 있는 까닭은 무엇일까?

그리스 신화 속 메두사는 아주 미인이었다. 그는 바다의 신 포르키스와 누이 케토 사이에서 태어난 고르곤 세 자매 중 막내딸이었고 탐스러운 머릿결을 지닌 아름다운 여성이었다. 뭇사람들의 칭송에 자만이 지나친 그녀는 아테나 여신과 아름다움을 겨루고자 했고 그사이 바다의 신 포세이돈과 아테나 신전에서 동침했다. 이 사건은 처녀 신 아테나를 분노케 해, 아테나는 메두사에게 참혹한 벌을 내렸다. 사실 아테나는 결혼을 염두에 둘 만큼 포세이돈을 사랑했지만, 그는 아테나에게 별 매력을 못 느꼈다. 그런 뽀세이돈이 메두사라는 묘령의 여인과 정사를, 그것도 자기 신전에서 치렀다는 사실은 아테나로 하여금 엄청난 질투심에 사로잡히게 했던 것이다. 결국 아테나의 저주로 메두사의 머리카락은 뱀들로 변했고, 얼굴도 흉측하게 바뀌었다. 게다가 이때부터 메두사와 눈을 마주친 사람들은 모두 돌로 변했다.

훗날 메두사는 아테나와 공모한 영웅 페르세우스에 의해 죽는다. 페르세우스는 아테나의 경고에 따라 그녀를 직접 보지 않고 방패에 비추어 보면서 죽였다. 그래야만 돌로 변하지 않고 상대를 죽일 수 있었기 때문이다. 그렇게 잘린 메두사의 목에서 '천마'라고 불리는 페가수스와 거인 크리사오르가 태어났다. 동시에 메두사의 피에서는 산호가 생겨났다고도 한다. 거사를 끝낸 페르세우스는 메두사의 잘린 머리를 아테나에게 바쳤다. 그리하여 잘린 머리는 아테나의 방패 혹은 갑옷에 장식되었다. 그런데 어찌 된 일인지 메두사가 죽고 난 후에도 그것을 보는 사람을 돌로 둔갑시키는 특별한 능력을 가지고 있다는 믿음은 사라지지 않았다. 방패뿐 아니라 별장과 저택에 메두사의 머리가 부적처럼 장식되기 시작했다.

17세기 바로크 시대 화가들은 이 드라마틱한 신화에 매료되었다. 특히 카라바조Caravaggio는 방패 모양의 목판에 〈메두사〉를 그리면서 그 얼굴에 자신을 그려 넣었다. 카라바조는 메두사가 죽는 순간에 자기 얼굴을 봤던 것과 같은 방식으로 스스로 거울에 비친 자신의 얼굴을 그렸다. 그림 속 메

작자 미상, 〈아테나 상〉
대리석, 로마 시대로 추정, 바티칸박물관

RP 5

두사는 보지 말아야 할 충격적인 장면을 본 것이 틀림없다. 찡그린 눈썹과 휘둥그레진 눈, 크게 벌린 입 등 메두사 최후의 격앙된 얼굴은 서양미술사상 가장 드라마틱한 표정이다. 그런데 스스로 자기의 모습을 거울로 본 메두사는 어떻게 되었을까? 그 역시 다른 사람들처럼 돌로 굳어 죽어야 하는 것 아닌가? 그런 점에서 카라바조의 메두사는 마치 삶과 죽음의 경계를 표현한 것처럼 보인다. 아직 살아 있지만, 곧 죽어야 하는 운명의 마지막 얼굴이다.

또 다른 메두사는 에드바르 뭉크Edvard Munch가 그린 〈뱀파이어〉이다. 그림의 제목은 〈뱀파이어〉지만 그 모습은 메두사와 흡사하다. 풀어 헤친 머리가 흩날리는 뱀 같기 때문이다. 뭉크는 피를 빨아먹는 메두사를 닮은 여성을 수도 없이 그렸다. 그림 속 드라큘라 여인(당시 브람 스토커의 1897년 소설 《드라큘라》가 전 유럽에 큰 반향을 일으켰다)은 자신의 먹이를 껴안고 있으며, 그녀의 핏빛 머리카락은 체념의 자세를 취한 희생자를 덮치고 있다.

사실 이 그림은 뭉크의 여성 혐오를 표현한 것으로, 슬픈 사연을 담고 있다. 뭉크는 다섯 살 때 어머니를, 열네 살 때 누나를 모두 폐병으로 잃었다. 누이동생마저 정신병을 앓다 죽었다. 뭉크 가족 중 여성들의 죽음은 뭉크의 여성상에 큰 영향을 주었다. 그러니까 뭉크의 여성 혐오는 '죽음에 대한 공포'로부터 비롯된 것이다. "내가 사랑하는 여자들은 모두 숙나. 내가 그녀

카라바조, 〈메두사〉
목판에 유채, 지름 55.5cm, 1597년, 피렌체 우피치미술관

를 사랑하면 그녀는 날 버릴 것이다. 그러니 그녀가 죽기(떠나기) 전에 내가 먼저 떠나버리자. 그것만이 내가 상처받지 않는 길이다." 아마도 그는 이런 심리적 메커니즘을 지녔던 것 같다.

그런 까닭에 뭉크는 여성을 두려운 존재, 병든 존재, 언젠가는 자신을 떠날 존재로 그려냈다. 그 이미지에 가장 합당한 여성들이 뱀파이어와 메두사, 살로메였던 것이다. 뭉크에게 여자들은 자기의 피를 쪽쪽 빨아먹는 여자, 목덜미를 물고는 놓아주지 않는 여자, 사랑을 빌미로 자기를 옴짝달싹 못 하게 하는 무시무시한 마녀들이었던 것이다.

정신분석학자 지그문트 프로이트는 메두사의 신화에서 눈과 성기의 동일시, 실명과 거세 공포의 시나리오를 찾아냈다. 먼저 메두사의 잘린 머리를 그는 여성 성기의 이미지로 파악했다. 메두사를 쳐다본 남자들이 돌로 변했다는 것은 남성들이 무의식적으로 페니스가 없는 여성에게 거세 공포를 느낀다는 것을 의미한다. 동시에 프로이트는 여성이 훨씬 더 양성적인 존재임을 강조한다. 뱀으로 뒤덮인 머리는 무수한 음모인 동시에 하나하나의 뱀은 발기한 남근이라는 것이다. 이로써 프로이트는 신비스러운 생산의 장소인 여성 성기가 거세의 두려움을 나타내는 '이빨 달린 자궁'으로 전이되는 이론의 빌미를 제공한다.

이빨 달린 자궁이란 여성의 음부에 이빨이 존재한다는 상상이다. 여성의

질에 이빨이 있어 그 속에 침투해 들어오는 남근을 잘라버릴 수 있다는 것이다. 이 개념은 남성의 무의식 속에 존재하는 여성에 대한 두려움의 은유적 표현이다. 남성은 여성을 영원히 이해 불가능하고 신비스럽다고 생각한다. 오죽했으면 프리드리히 니체는 남성이 철학자라면 여성은 철학 그 자체라고 했을까. '철학—여자'를 탐구하는 '철학자—남자'라는 구도 말이다.

그렇기에 여성은 남성에게 친숙하고 호의적인 동시에 낯설고 비호의적인 존재로 자리매김한다. 남성은 특히 여성의 성에 약해지고, 그녀의 여성성에 감염되어 무능해질까 봐 두려워한다. 이러한 두려움은 여성의 성을 정복하고 억제해야 할 대상으로 만든다. 원시 부족은 임신, 출산, 월경 등 여성의 성과 관련된 모든 것을 금기시했다. 특히 여성의 처녀성을 신성한 것인 동시에 위험한 것으로 여겨, 처녀성을 파괴하는 임무를 남편이 아닌 사제 혹은 성스러운 존재에게 맡기기까지 했다. 이처럼 여성의 성은 두려운 존재이기에 정복할 가치가 있는 것으로 치부되어왔다.

프로이트는 또한 메두사의 머리를 털로 둘러싸인 어머니의 음부에 시선을 던진 어린아이가 경험하는 감정적 효과와 연관시킨다. 저항할 수 없는 호기심으로 자신을 이 세상에 내보낸 곳을 바라보려는 순간, 아이가 무의식적으로 느끼는 거세 공포에 관한 것이다. 그래서 역겹고 끔찍한 모습의 메두사 얼굴은 절대로 어머니에게 다가갈 수 없게 하는 성적인 금지 효과를

에드바르 뭉크, 〈재〉
캔버스에 유채, 1895년, 노르웨이 국립미술관

갖는다.

흥미로운 사실은 메두사의 머리가 이탈리아 패션 브랜드인 지아니 베르사체의 로고 디자인으로 쓰였다는 것이다. 20여 년 전 동성 연인에게 살해당한 그는 왜 회사 로고에 메두사를 사용했을까? 자신의 패션을 한 번 보면 절대로 잊을 수 없는 것으로 만들고 싶어서였을까? 관능과 화려함을 모토로 하는 베르사체의 이미지에 딱 들어맞는 신화로서 메두사만 한 것이 없을 것이라는 판단이었을까?

메두사 신화는 우리에게 미와 공포의 관계에 대해 사유하게 한다. "아름다운 것은 견딜 수 없는 것"이라는 알베르 카뮈의 말처럼, 진정한 아름다움이야말로 금기시된 어떤 것이라는 생각을 떨칠 수 없게 한다. 미의 세계에 입문한다는 것은 그만큼 두렵고, 어렵고, 고독하고, 잔인한 일이라는 사실을 암시한다. 그래서 나는 이렇게 고쳐 쓴다.

"아름다움은 우리를 공포에 떨게 한다."

노출

드 러 난 남 근 이 된 발

유년 시절 설날과 운동회, 소풍 전날엔 유난히 설렜다. 새 신발을 신을 수 있었기 때문이다. 책상 서랍 속에 새 구두와 새 운동화를 넣어둔 날, 밤은 길고 아침은 쉬이 오지 않았다. 두근거리는 마음에 잠을 설치다가 중간에 깨어 새 신발을 신어본다. 발에 꼭 들어맞는 느낌의 신발을 신는 기분은 황홀하다. 왜 나는 늘 새 옷보다 새 신발에 끌렸을까? 그리고 신발은 심리적으로 어떤 의미가 있을까?

신데렐라를 비롯한 많은 동화에서는 신발을 모티프로 삼고 있다. 사실 신데렐라는 두 세계를 중개하는 샤먼이다. 신발은 여성의 질 혹은 자궁이다. 그러니 신발을 신는 행동은 성교를 대신하는 것이다. 얼굴이 아니라 신발로 제 주인을 찾는다는 건 바로 속궁합을 본다는 의미다. 두 언니에게 유리 신발은 너무 작아서 언니들은 피를 흘렸다. 어쩌면 이는 성교 때의 고통 혹은 처녀막이 파열되는 것에 대한 은유일 가능성도 있다. 그런데 신데렐라에게 구두는 꼭 맞아서 피를 흘리지 않았다. 역설적으로 신데렐라가 순결하다는 의미다.

미술사에서 신발은 무엇을 상징하는가? 그리고 맨발은? 서양미술사에서

산드로 보티첼리, 〈프리마베라〉
패널에 템페라, 203×314cm, 1478년, 피렌체 우피치미술관

본격적으로 신발을 그리기 시작한 것은 왕의 초상화부터였다고 해야 할 것이다. 실제 발이 가지고 있는 섹슈얼리티에 주목해 신발이 그려지기 시작한 것은 로코코 시대라고 봐야 한다. 맨발의 여자들은 신화 속 여신들을 그린 그림 속에서 드러나고, 구두를 신은 여자들은 귀족 여성들을 그린 그림 속에서 드러났다.

여성의 맨발을 그린 그림들을 살펴보자. 고대 그리스와 르네상스 시대의 여성들의 발이 사실적이긴 하나 조금은 과장되게 그려진 경우를 흔히 찾아볼 수 있다. 특히 고대 그리스 조각상에 나타난 여신들의 둘째 발가락은 엄지발가락보다 더 크게 묘사됐다. 이 돌출된 둘째 발가락 덕분에 여신들은 여성성 이외에 특별한 남근 파워, 즉 남성성을 갖게 된다. 작가들은 여신들의 양성적인 성향을 발가락을 통해 드러냈던 것이다. 보티첼리가 그린 〈비너스의 탄생〉, 〈프리마베라〉 등에서 비너스와 세 명의 미의 여신들은 모두 둘째 발가락이 훨씬 더 긴 형태로 드러난다.

18세기 로코코 시대에 오면 이보다 더 관능적인 여성의 발이 나타난다. 로코코풍 패션은 유럽 문화가 육체의 에로티시즘을 강화하기 위해 만든 가장 세련된 결정체였기 때문이다. 특히 이 시대의 패션은 매우 페티시즘적인데, 이 말은 여성의 신체가 해체되었다는 뜻이다. 이제 신체의 부분 부분이 모두 중요해졌다. 유방, 성기, 허리, 엉덩이, 발 등의 세부가 중요해졌다는 것을 의미한다. 가슴을 강조하기 위해 데콜테라고 불리는 가슴을 드러내는 형태의 드레스가 나왔고, 깊게 파인 가슴을 가리기 위해 숄이 등장했다. 허리를 조이고 엉덩이를 부풀려 허리를 강조하는 치마도 만들어졌다. 맨발 대신 신발을 보여주기 위해 구두는 더욱더 감각적인 스타일로 디자인되었다.

이 시기의 대표적 낭인 카사노바는 자서전에서 "여성에 관심이 많은 남성들은 하나같이 여성의 발에 매혹된다"고 썼다. 로코코 시대만큼 발에 대한 페티시즘이 성행하던 시기가 없었다는 의미일 것이다. 이처럼 신체의 각 부분을 강조하는 페티시즘적인 패션이 유행하던 로코코 시대에는 작고 귀여운 발이 선호되었다. 전족을 떠올리게 하는 여성의 발이 은밀하게 혹은 적나라하게 노출된 것이다.

루이 15세의 궁정화가였던 프랑수아 부셰François Boucher는 신화 속 여신들을 훨씬 더 세속적이고 감각적으로 그렸다. 〈목욕하는 아르테미스〉는 사냥의 여신 아르테미스의 발에 초점을 맞춰 그렸다. 이 그림은 당시에 작고, 우아하고, 굴곡진 발이 여성스러움의 상징이며 심지어 귀족적 신분의 표상처럼 간주되었음을 말해준다. 그림 속 아르테미스는 자신의 발을 쳐다보고 있다. 시종처럼 보이는 여성 파트너의 시선 역시 아르테미스의 발을 향해 있다. 그러니 그림을 보는 사람들의 시선 역시 어쩔 수 없이 아르테미스의 발로 향하게 된다. 무심해 보이는 그녀의 발이 얼마나 관능적인지는 인쪽 옆

으로 치우쳐 그려진 사냥개의 꼬리가 말해주는 것 같다. 휘어진 꼬리가 마치 발기한 남근처럼 보이기 때문이다. 게다가 개의 음낭이 빛을 받아 밝게 표현되어 있다. 이로써 아르테미스의 발은 최고의 성적 표상이 된다. 또한 이 그림은 여성들의 둘째 발가락이 오랫동안 다른 발가락에 비해 길게 묘사되어왔음을 보여주는 동시에 마치 하이힐을 신은 듯 휘어진 발 모양을 통해 훨씬 더 교태스러운 감각을 드러낸다.

로코코 시대에 맨발 이상으로 적극적으로 드러나던 발 형태가 또 있었다. 바로 하이힐을 신은 여성의 발이다. 발을 온전히 드러내는 것에서 신발 속에 숨겨진 발을 드러내는 시대로 접어들었다. 하이힐은 16세기까지는 알려지지 않았으나, 17세기 초에 이르러 차차 그 모습을 드러내기 시작했다. 하이힐은 육체의 과시라는 측면에서 전혀 새로운 시대를 열었다. 물론 남성들 또한 여성 못지않게 화려한 복식을 즐기던 시대였고, 당시 하이힐은 남성들의 지위와 부를 과시하기 위한 수단이었다. 특히 여성들은 하이힐에 의해 자세가 전체적으로 변화하기 시작했다. 곧 배가 들어가고 가슴을 내밀게 되었다. 넘어지지 않기 위해 몸을 뒤로 젖히는 자세를 취해야 하는데, 그 때문에 엉덩이가 튀어나와 그 풍만함이 더욱 두드러졌던 것이다. 더군다나 무릎을 굽혀서는 안 되었으므로 자세는 전체적으로 젊고 진취적으로 보였다. 하이힐 덕분에 여자의 유방은 서절로 잎으로 뛰어나오게 되었으며 그래서 사

프랑수아 부세, 〈목욕하는 아르테미스〉
캔버스에 유채, 56×73cm, 1742년, 파리 루브르박물관

람들의 시선에 더욱 노출된 것이다.

로코코 시대를 배경으로 한 쇼데를로 드 라클로의 소설을 영화화한 작품 〈위험한 관계〉에서 여자들이 작은 발을 만들기 위해 자기 발보다 더 작은 비단 구두 속에 발을 구겨넣는 장면, 하이힐을 신은 여자들이 뭇 남성들 앞에서 고귀한 척 온몸을 공작새처럼 펴고 다니다가 남성이 시야에서 사라지는 순간 마구 무너져 내리는 장면은 아주 인상적이다. 그만큼 하이힐은 사도마조히즘적인 도구가 아닐까?

그러니까 여성들은 하이힐을 착용함으로써 사디즘과 마조히즘적인 쾌락을 얻는다는 것이다. 마조히즘은 여성들이 발의 불편함과 기형을 견뎌야 한다는 점과 관계가 있는데, 특히 하이힐이 주는 고통에도 불구하고 그것이 전달하는 성적 효과를 잘 알고 있기 때문에 '고통 속의 쾌락', 즉 즐거운 고통을 느끼게 된다는 것이다. 고통의 주체로서의 하이힐과 그 형태는 남근성을 시사한다. 더군다나 하이힐을 신은 발의 모습은 섹스 중 오르가슴에 도달하는 순간에 취하는 발의 자세를 본뜬 것이라고 한다. 굽이 높을수록 종아리, 엉덩이, 허리의 곡선은 탄탄하고 유려하게 강조된다는 점도 하이힐이 섹슈얼리티와 깊은 연관이 있음을 보여준다.

그리고 로코코 시대의 패션회화 속에서 여성들의 하이힐은 살포시 드러난다. 그렇기에 더욱 시선을 끈다. 당시에는 여성의 하이힐을 치마 밑으로

토머스 게인즈버러, 〈프랜시스 브라운, 존 더글러스 부인〉
캔버스에 유채, 237.7×148.8cm, 1783~1784년, 내셔널트러스트

살짝 보이게 디자인했다. 보다 왜소하고 부드러운 발끝을 드러내는 것을 선호했기에 앞코가 점점 뾰족한 형태를 이루게 되었다. 실루엣도 더 곡선을 강조하고 우아한 라인을 선호하게 되었다. 특히 18세기 영국에서 선풍적인 인기를 끌었던 프랑스풍 로코코 예술을 드러낸 토머스 게인즈버러Thomas Gainsborough는 초상화가로 탁월한 능력을 발휘했는데, 그는 여성들의 패션에 주목한 초상을 많이 그렸다. 그의 작품 속에서 여성들은 오이씨 같은 비단 하이힐을 살포시 드러내고 있다. 마치 교태스럽고, 우아하며, 녹록하지 않은 유혹의 손길처럼 말이다.

위험

다나에의 관능은 생명력이다

위험

위험에 처할 때 사람들은 사랑에 빠지기가 더 쉽다. 전쟁 시기에 얼마나 전설적인 로맨스가 많았던가? 오죽했으면 전후에는 베이비붐 세대가 생긴다는 말도 있다. 게다가 사랑은 이국적인 배경에서 더욱 잘 자란다. 색다른 분위기, 여행지, 낯선 곳에서 느끼는 흥분 또는 두려움 때문에 감각들이 예민하게 고조될 때 사람들은 신비주의자가 되고 황홀경을 느끼고 사랑이라는 야릇한 감정에 휘말린다. 사람들은 고통과 위험이 닥쳤을 때 로맨스를 쉽게 받아들인다. 위험 요소가 일종의 '최음제'가 되는 것이다.

그리스 신화 속 다나에Danae야말로 감옥에 갇히는 위기 상황에서 본의 아니게 에로틱한 사건을 연출하게 된 기막힌 스토리의 주인공이다. 아르고스의 왕 아크리시오스Akrisios는 아가니페와 결혼하여 딸 다나에를 낳았다. 다나에를 낳은 뒤 아가니페는 더 이상 아이를 낳지 못했다. 신탁에 물어보니 아크리시오스에게는 아들이 없을 것이고 딸 다나에가 아들을 낳을 터인데 아크리시오스는 그 아이에게 죽을 운명이라는 것이다. 겁에 질린 아크리시오스는 너무도 사랑하는 딸인 다나에를 아무도 접근할 수 없도록 높은 탑에 위지한 청동 삼옥에 가두었다.

구스타프 클림트, 〈다나에〉
캔버스에 유채, 77×83cm, 1907~1908년, 오스트리아 디찬드컬렉션

189

젊은 나이에 빛도 들지 않는 청동 감옥에 갇혀 아무도 만날 수 없다니 다나에는 참으로 불운한 신세로 전락했다. 그렇지만 인생은 그렇게 간단히 끝나지 않는다. 그녀에게는 한 가지 행운이 남아 있었다. 바로 다나에가 놀라울 정도로 아름다운 여성이었다는 점이다. 청동 감옥 밖에서도 다나에의 미모에 대한 소문이 돌았고 제우스가 이 귀중한 정보를 흘려들을 리 없었다. 제우스는 이 난공불락의 요새에 침투하기 위해 색다른 계획을 세웠다.

제우스가 어떤 신이던가. 창조적인 발상과 변신의 귀재가 아니던가. 그가 마음먹으면 못 하는 게 없었다. 특히 그 일이 아름다운 여자와 관련되었을 때 그의 변신 능력은 가히 따라올 자가 없었다. 독수리, 뻐꾸기, 황소, 백조는 물론 사티로스, 여자 등 인간으로도 변신이 가능하며, 심지어는 먹구름, 빗물 같은 무생물로도 변신할 수 있었다. 제우스가 다나에에게 찾아갈 때는 황금 비로 변신해 청동 감옥의 틈을 파고들었고, 무사히 감옥에 침투한 뒤에 그녀를 너무도 자연스럽게 품을 수 있었다. 황금 비처럼 환상적인 분위기를 누가 마다할 수 있단 말인가!

이 사랑의 결실로 페르세우스가 탄생한다. 메두사의 목을 자른 그 유명한 영웅 말이다. 다나에가 아들을 낳았다는 걸 안 아크리시오스 왕은 딸과 손자를 나무궤짝에 넣어서 바다에 던져버리도록 명령한다. 그렇게 하여 세리포스섬에 다다른 모자는 어부 딕티스에게 구출되는데 그는 섬의 왕 폴리덱

테스의 친형제였다. 왕은 아름다운 다나에에게 욕정을 품었으나 페르세우스 때문에 감히 다나에를 범할 수 없었다. 왕은 페르세우스를 제거하기 위해 메두사의 머리를 가져오라고 강요했다. 메두사의 머리를 보는 사람들은 돌처럼 뻣뻣하게 굳어 죽어버리기 때문이다. 그렇지만 제우스의 아들인 페르세우스에겐 왕의 아들답게 특혜가 주어졌다. 그는 결국 헤르메스와 아테나의 도움을 받아 메두사를 죽일 수 있었던 것이다. 메두사를 처치한 페르세우스는 고국에 돌아와 본의 아니게 외할아버지 아크리시오스를 죽이게 된다. 결국 예언은 정확히 실현되고, 그 역시 운명을 피할 수 없었다.

서양미술사에서는 황금 비로 다나에를 유혹하는 제우스를 그린 그림이 무수히 등장한다. 그리스 신화의 이 소재가 특별히 예술가들의 관심을 끌었던 이유는 무엇일까? 예술이란 눈에 보이지 않는 세계, 즉 비가시적인 세계에 대한 은유임을 알고 있어서일 것이다. 베네치아 르네상스 시대를 보낸 티치아노, 바로크 시대의 렘브란트 판 레인, 오라치오 젠틸레스키와 그의 딸 아르테미시아 등 수많은 화가들은 앞다투어 이 신화를 재해석했다.

수많은 다나에 그림 중 특별히 시선을 사로잡는 그림이 있으니, 바로 클림트의 것이다. 클림트는 선배 화가들의 다나에와 전적으로 다른 그림을 그렸다. 대부분의 화가들은 높디높은 탑에 갇혀 발가벗고 누워 있는 비너스의 자세로 다나에를 그렸다. 게다가 통상 옆에는 날개 달린 천사인 큐피드(에로스)를 함께 그렸다. 그래서 그리스 신화를 모르면 이 그림은 그저 비너스와 큐피드를 그린 것으로 착각하기 쉽다. 다나에가 황금 비를 직접 받아들이는 장면은 그리 많지 않다. 시녀가 받거나, 큐피드와 함께 받거나, 아니면 창가 쪽에서 빛이 들어오면서 황금 비가 내리는 정도로만 그렸다.

클림트의 〈다나에〉는 이전까지와는 전혀 다른 구도와 형태와 분위기를 드러낸다. 우선 여성의 몸이 화면을 가득 메우고 있다. 마치 태아처럼 몸을 동그랗게 만 채로 잠을 자는 듯한 포즈다. 당시 이런 구도의 조형법은 매우 낯선 것이었다. 머리를 풀어 헤친 다나에는 잔뜩 웅크린 자세로 눈을 지그시 감고 황홀경에 빠져 있다. 오른손은 길고 뭉툭한 무언가를 쥐려고 하는 듯하고, 왼손은 허벅지 사이 은밀한 곳으로 사라졌다. 클림트는 어찌하여 마치 귀접몽꿈속에서 귀신과 성교하는 것처럼 나른하고 은밀하며 몽환적인 상태의 다나에를 그렸던 것일까.

평생 독신으로 살았던 클림트가 쉰다섯의 나이에 독감의 후유증인 뇌졸중으로 죽자 14건의 유자녀 양육비 청구소송이 벌어졌다. 대부분은 클림트와 관계가 있었던 모델들의 아이였다. 클림트는 여러 모델들과 각별히 정을 통하면서 지냈던 것이다. 모델 가족의 장례비용을 대주기도 했으며, 집세를 내주기도 했을 만큼 그는 정을 통한 모델들을 챙겼다. 모델들은 클림트를 아주 좋아했고, 언제나 그의 요구에 따라 관능적이다 못해 외설적인 포즈까

안토니오 다 코레조, 〈다나에〉
캔버스에 유채, 161×193cm, 1531~1532년, 로마 보르게세미술관

지 선뜻 취해주었다. 자위하는 모습, 여성들끼리의 성적인 스킨십 등이 그것이다. 클림트가 이런 모델들로부터 자식을 얻었다는 건 아주 자연스러운 일이었을 것이다. 클림트의 작업실에는 항상 벌거벗은 여러 모델들이 상주해 있었고, 누드 서커스장을 방불케 했다고도 한다.

〈다나에〉는 클림트가 사랑했던 여러 여성들이 혼재해 있는 모습이다. 빨간 머리를 특별히 좋아했던 클림트답게 이 그림에는 빨간 머리를 지닌 모델 미치 짐머만의 모습도 있다. 짐머만은 클림트와의 사이에 아이를 둘 두었다. 또 상류층 고객이자 한때 그와 깊은 사랑을 나누었던 아델레 블로흐바우어Adele Bloch-Bauer의 이미지도 담겨 있다. 사고로 장애를 입은 그녀의 오른손 이미지가 그림에 존재한다. 무엇보다 눈에 띄는 형상은 다나에의 허벅지와 그 안으로 쏟아져 내리는 황금 비다. 비유컨대 황금 비는 씨앗, 즉 왕의 정액이고 튼실하고 굵은 허벅지는 그 씨앗이 뿌려지는 자양분이 풍부한 대지이다. 그녀의 허벅지는 관능의 메타포이자 다산의 상징이다. 잉태를 위한 생명력의 이미지를 허벅지와 황금 비가 암시하는 것이다. 마치 성모마리아의 수태처럼 황금빛 빗줄기는 신의 탄생을 예고하는 것이리라. 그런 의미에서 이 그림은 단순한 도발이나 관능을 넘어선 생명력의 잉태에 관한 이미지로 거듭난다. 더군다나 '황금 비'라는 모티프는 금세공사 가문에서 태어나 아르누보와 아르데코 문양과 색채를 사용했던 비엔나분리파의 주창자였

베첼리오 티치아노, 〈다나에〉
캔버스에 유채, 119×165cm, 1545~1546년, 나폴리 카포디몬테국립미술관

던 클림트에게는 거부할 수 없이 매혹적인 소재였을 것이다.

　의학에서는 이 신화를 근간으로 하여 '다나에 신드롬'이라는 말을 만들어 냈다. 강간 사건을 다루다 보면, 단 한 번의 성교로 임신이 되는 경우가 종종 있다는 것이다. 인간 역시 정상적인 배란일이 아님에도 급작스럽게 배란이 일어날 가능성이 있고, 이에 대한 논쟁이 있어왔다. 사실 동물은 배란 형태가 각기 다르다. 야생토끼나 낙타 같은 동물은 수컷이 있어야만, 즉 수컷이 교미 동작을 취해야만 배란이 되고 평소에는 배란이 되지 않는다. 그런가 하면 원숭이처럼 위협과 공포를 느껴야 비로소 배란이 되는 동물도 있다. 그래서 수컷 원숭이는 교미 전에 암컷이 안고 있는 새끼를 빼앗아 던지고 때려 새끼 원숭이가 소리를 지르게 하고 공포 분위기를 조성한다. 이 상황에서 암컷 원숭이가 배란을 하고 발정해 교미가 가능하게 된다.

　'공포 배란 현상'이 인간에게도 나타나는 경우가 있다고 한다. 특히 강간과 같은 공포 분위기에서 배란을 하는 여성이 있다. 그래서 단 한 번의 강간으로 임신되었다는 예는 강간 사건에서는 그리 드문 현상은 아니라는 것이다. 이렇듯 그리스 신화 속 다나에와 같은 '믿거나 말거나' 스토리는 은유적인 것으로 기능해 사람들에게 신비감을 불러일으키지만, 그 이면에서는 당대의 예사롭지 않은 의학상식도 유추해볼 수 있다.

불경함

가 슴 을 보 여 주 고 싶 은 성 녀

성모가 가슴을 드러낸 장면은 낯익은 동시에 낯설다. 너무 흔해서 자연스럽고, 현실적으로는 더 이상 보기 힘든 장면이라 낯설다. 물론 서양미술사에서 자주 등장하는 이 소재는 성모마리아와 아기 예수를 표현하는 가장 기본적인 형식 중 하나이다.

12세기에는 교회가 신앙이라는 젖으로 신자들에게 영양분을 주는 어머니에 비유되는 일이 잦았다. 특별히 수유 장면은 중세 말인 14세기 초 토스카나 화가들에 의해 처음 그려진 것으로 추정된다. 그러다가 초기 르네상스 시대에 젖을 주는 성모마리아의 그림이 폭발적으로 증가했다. 왜 이 시기에 이런 그림이 자주 그려졌을까? 사람들은 이런 그림이 처음 나왔을 때 어떤 느낌을 받았을까? 성모가 가슴을 드러냈다는 사실만으로 두려움과 충격에 빠졌을까? 비속하거나 기묘한 쾌감을 느꼈을까?

초기 르네상스의 그림 속 성모마리아는 공통된 특징을 지닌다. 즉 성모마리아가 한쪽 유방은 망토 아래 감춘 채 작고 둥근 한쪽 유방만을 드러내고 있다. 아기 예수가 노출된 유방을 빨고 있는 것이다. 흥미로운 것은 유방이 마치 사과나 석류 같은 작은 과일처럼 전혀 생동감도 사실감도 없이 성모

암브로지오 로렌체티Ambrogio Lorenzetti, 〈마돈나 델 라테(젖을 주는 성모마리아)〉
패널에 유채, 90×45cm, 1348년, 시에나 국립미술관

의 몸에 이질적으로 달라붙어 있다는 것이다. 이런 성모자상이 출현하고 얼마 안 되어 한쪽 유방을 적나라하게 노출한 기묘한 그림이 등장했다.

장 푸케Jean Fouquet가 그린 〈믈룅의 성모〉가 바로 그것이다. 프랑스 샤를 7세의 신하였던 에티엔 슈발리에Etienne Chevalier가 믈룅에 있는 교회에 걸기 위해 제단화를 주문했다. 두 패널 중 한쪽에는 주문자인 슈발리에가 성 스테파노와 함께 있는 모습으로, 다른 한쪽에는 슈발리에의 애인이자 샤를 7세의 정부였던 아녜스 소렐Agnès Sorel이 성모마리아의 모습으로 그려져 있다.

아녜스 소렐은 어떤 여성이었기에 성모의 모습으로 분할 수 있었을까? 먼저 그녀는 잔다르크의 후원자였던 샤를 7세의 공식적인 정부로서 영국과의 전쟁을 승리로 이끌었을 뿐 아니라, 프랑스의 문화와 경제를 부흥시키는 데 기여했다. 사실 소렐의 인생은 모험으로 가득 찬 드라마 그 자체다. 군인의 딸로 태어났지만 어려서 고아가 된 그녀는 마음씨 좋은 친척 아주머니의 양녀로 들어간다. 똑똑하고 명랑했던 그녀는 무척 사랑받았지만, 여성의 미덕을 강요하는 분위기에 신물이 나 가출한다. 소렐은 로렌의 여공작인 이사벨의 시녀가 되어 행운을 잡을 기회를 노렸다.

소렐은 축제가 끊이지 않았던 활기차고 세련된 궁정에서 여성을 존중하는 새로운 문화를 접했다. 그곳에서는 여성들이 당당하게 보일수록 인기가 많았다. 소렐은 궁정의 모든 사람들을 압도하는 화술과 귀부인을 뛰어넘는

장 푸케, 〈믈룅의 성모〉
나무에 템페라, 93×85cm, 1451~1452년, 안트베르펜 왕실국립박물관

AGNES SOREL

미모로 사람들을 매혹했다. 당대 대부분의 여자들은 축 늘어진 뱃살과 홍역으로 인한 마맛자국과 주름살 때문에 나이보다 훨씬 늙어 보였다. 이에 반해 소렐은 풍만한 가슴과 잘록한 허리, 반쯤 감은 나른한 눈, 큐피드의 활처럼 생긴 입술, 알맞게 뾰족한 턱, 깎아놓은 듯한 갸름한 얼굴형, 금발이 섞인 풍성한 다갈색 머릿결 등 무엇으로 보나 절세미인이었다. 게다가 비상할 정도로 총명했다.

마흔이 넘은 샤를 7세는 20세의 소렐을 보자마자 푹 빠진다. 왕은 자신의 성 가까이에 있는 로슈성을 그녀에게 하사했고 아울러 '미의 여왕'이라는 칭호를 내렸다. 사실 당시 샤를 7세는 왕의 풍모를 찾아볼 수 없을 만큼 초라했다. 대머리에 눈은 툭 튀어나왔고 주름이 깊은 데다 깡마른 허수아비 같은 몸을 지녔다. 어디 하나 호감 가는 구석이 없었다. 소렐은 이런 꼭두각시 같았던 왕에게 잠재되어 있던 지적, 군사적, 경영 능력에 불을 지폈다.

소렐은 "프랑스에서 영국의 왕관을 빼앗아 올 용감한 왕이 탄생할 것"이라는 점성술사의 예언을 전하며, 그가 바로 샤를 7세라고 격려했다. 그녀는 왕에게 몸을 허락하는 조건으로 영국군을 몰아내고 프랑스군을 구하겠다는 약속을 받아냈다. 왕이 나약해지면 손끝 하나도 건드리지 못하게 했다. 약속을 지킨 샤를 7세는 소렐에게 여러 채의 성과 토지와 사치품 등을 하사했다. 그녀는 궁정의 어떤 총신들도 가져보지 못한 온갖 화려한 사치품을

〈장 푸케의 성모자상을 모사한 그림〉
16세기

포상으로 받았다. 엄청난 액수의 돈을 가졌으며 왕궁에서 가장 비싼 옷을 입었고 왕비보다도 더 많은 수행원을 거느렸다. 사상 처음으로 프랑스 왕에 의해 공식 정부가 된 그녀는 사람들로부터 노골적인 질투와 음모의 대상이 되었다.

소렐은 교회에 반하는 행동과 스타일로 기성사회를 곤혹스럽게 만들었다. 먼저 중세 시대 여성의 자유와 독립심의 상징으로 교부들이 끔찍이 싫어했던 막달라 마리아를 기리는 제단을 세웠다. 그뿐 아니라 두꺼운 분칠, 새빨간 립스틱 등으로 짙게 화장한 얼굴에 에메랄드와 금으로 장식한 여러 겹의 목걸이, 왼쪽 젖가슴 전체를 드러낸 몸에 착 달라붙는 검정 비단 드레스 차림으로 동방에서 들여온 희귀한 향수를 뿌리고 궁정 연회에 나타났다. 그 모습은 마치 타락한 천사 루시퍼 같았다. 그녀는 그 누구의 위협에도 아랑곳하지 않았다.

소렐은 한쪽 가슴을 과감하게 노출한 성모마리아의 모습으로 그림에 등장했다. 그녀의 유방은 14세기의 성모처럼 옷으로 가린 인체 위에 갖다 붙인 것 같은 모조 유방이 아니라 보디스 밖으로 불쑥 튀어나온 육감적인 공 모양이었다. 이 그림은 엄숙하게 아기 예수에게 젖을 주는 성모상에만 익숙해 있던 당대 관객들에게 충격을 주었다. 그들은 성모가 있어야 할 자리에서, 그림 안에 조용히 자리하고 있는 아기를 위해서가 아니라 그림 밖 구경

꾼들의 눈요기를 위해 대접하려고 내놓은 과일처럼 유방을 드러내놓고 있는 궁정 여인을 발견했을 것이다.

이 그림 속에서 소렐은 평상시의 패션 감각을 그대로 드러낸다. 밤과 낮을 상징하는 파란색 옷을 입은 천사와 붉은색 옷을 입은 천사에 둘러싸인 옥좌를 배경으로 그녀 역시 화려한 드레스를 입었다. 또한 깨끗하게 민 볼록한 이마는 당대의 최신 유행이었는데 소렐도 앞머리를 밀고 호화로운 왕관을 썼다. 흰 피부, 별 모양의 왕관, 옥좌를 장식한 진주는 천상의 여왕인 성모마리아의 역할을 강조한다. 한쪽 가슴의 위치는 여전히 어색하고 가는 허리는 극단적으로 과장되었지만, 그렇기에 역설적으로 매우 모던한 느낌도 든다. 소렐은 이 그림에서 종교적인 엄숙한 분위기와 관능적이고 미적인 분위기를 동시에 드러낸다.

왕은 이런 모습의 소렐에게서 헤어나지 못했다. 그녀 없이는 한시도 견디지 못했다. 그렇지만 소렐의 자유분방한 성격으로 미루어볼 때 그녀는 슈발리에와 몰래 정을 통했을 가능성이 높다. 왕은 자신의 침실 벽에 그녀의 이름 머리글자와 함께 사랑의 메시지를 새겨 넣는가 하면, 자신의 방패에 그녀의 모습을 새기는 등 내내 소렐에게 사로잡혀 지냈다. 더욱이 이렇게 가슴을 노출한 성모마리아 초상화 제작을 의뢰했다는 건 그들의 사랑이 은밀하게만은 이루어지지 않았다는 것을 증명하고 있다. 사실 소렐은 이 그림서럼 종종 가슴을 드러낸 채 궁정 주변을 거닐곤 했다고 전해진다. 당시 궁정에서는 목선을 아주 깊이 판 드레스가 유행하기도 했지만, 그녀가 특별히 노출이 심한 옷을 즐겼다는 것만은 사실인 것 같다.

네덜란드 역사가 요한 하위징아Johan Huizinga는 이 그림에 종교적인 정취와 색욕적인 정취가 결합되어 있다고 보았다. 그는 이 그림을 두고 "르네상스 시대의 어떤 예술가도 넘볼 수 없을 정도로 아주 불경스러운 대담함이 엿보인다"고 논평했다. 그녀가 드러낸 유방 한쪽은 '예술에서 성을 드러내는 도화선'이 되었으며, 이로써 순수하게 쾌락 자체에 대해서 언급하는 시대가 열렸다고 한다. 일단 성스러운 의미를 탈각시키자 유방은 그 어떤 것보다도 남성의 욕망을 마음껏 펼칠 수 있는 장이 되었던 것이다.

안타깝게도 소렐의 전성기는 짧았다. 샤를 7세의 공식 연인이 된 지 6년 후 병에 걸려 사망했다.

음탕함

최초의 여성, 성적 자기주도권을 거머쥐다

인류 최초의 여자는 이브(하와)가 아니다. 아담의 조강지 처가 따로 있었다는 얘기다. 바로 릴리트Lilith! 릴리트는 이브처럼 아담의 갈비뼈로 만들어지지도 않았고, 아담과 똑같이 흙으로 빚어졌다. 릴리트는 독립적인 인격을 지녔다.

유대 전설에 따르면 하느님은 남자와 여자를 동시에 창조했으며 그 여성의 이름은 릴리트였다. 릴리트가 아담의 첫 번째 아내였다는 주장이 나온 것은 초기 유대교의 랍비율법학자들이 수메르와 바빌로니아의 여신을 유대 신화에 도입하려 했기 때문이라고 한다. 릴리트는 가나안(현재의 팔레스타인)에서 여신으로 숭앙받고 있었다. 우르에서 출토된 기원전 2,000년경의 점토판에도 릴리트라는 이름이 나온다.

실제로 중세에 쓰인 《벤 시라의 입문서Alphabet of Ben Sira》에는 릴리트가 아담의 첫 번째 아내로 나온다. 그리고 아담처럼 흙으로 빚어 만들어졌다고 전한다. 유대인의 율법과 교육에 관한 교훈과 주석을 모아놓은 방대한 책인 《탈무드》에도 릴리트가 흙의 먼지로 만들어졌다고 나오며, 그녀가 저지른 죄를 구체적으로 명시하고 있다. 또 다른 전설에 따르면 아담은 처음에 들짐승을 섹스 상대로 삼았으나 이윽고 싫증을 느껴 여자인 릴리트를 찾았다고 한다. 릴리트는 기꺼이 아담을 받아들였다. 그러나 아담이 막상 릴리트의 몸 위로 올라가자 그녀는 난색을 표하며 비명을 지른다. "어머! 왜 이래? 이상한 짓을 그만두지 못해?" 릴리트는 격렬하게 저항하며 아담을 내동댕이쳤다.

사실 이 전설은 꾸며낸 이야기가 아니다. 고대 이집트 벽화나 폼페이 등지의 로마 벽화를 보면 여자가 상위로 성교하는 장면을 그린 것이 많다. 원시 모계사회에서 성교의 체위는 항상 여성 상위였다고 한다. 남성 상위는 상상도 못 할 일이었다. 그러나 부계사회인 유대에서는 여자를 하늘로 하고 남자를 땅으로 한 여성 상위는 체면이 깎이는 체위라고 생각했던 것 같다. 정상위를 영어에서 '미셔너리 포지션Missionary Position'이라고 하는 것을 보면 이것이 랍비가 섹스할 때 허용된 '유일한 체위'였던 듯하다.

이처럼 남녀가 동등하다고 생각할 만큼 자유롭고 활달하고 대범한 릴리트는 성관계를 할 때 남성 상위 체위를 거부했다. 동등하게 대접해달라는 요구를 아담이 거부하자 릴리트는 아담을 버리고 떠났다. 릴리트에게 버림받아 홀아비가 된 아담에게 하느님이 내려준 순하고 종속적인 짝이 이브였던 셈이다. 또 다른 설로는 신이 정숙하지 못한 릴리트가 아담을 유혹해, 악에 빠지게 할 위험을 감지하고 서둘러 그녀를 제거했다고도 한다. 아담에게 순종하지 않은 죄로 신의 벌을 받아 악마로 변한 뒤 추방당했다는 애기다. 이후 릴리트는 입에 담아서는 안 되는 하느님의 이름을 함부로 부르는 등 금기를 마구 어겼고, 홍해로 가 악마들과 관계하면서 많은 자식을 낳았으며 결국 자신도 악마가 되었다고 전해진다.

《창세기》에는 릴리트가 등장하지 않으며, 이 수수께끼의 여자 이름은 성경에 딱 한 번 나온다. 《이사야서》34장 12절에서 '올빼미'로 번역된 단어가 히브리어 원문에는 '릴리트'로 적혀 있다. "들짐승과 이리와 만나며 숫염소가 그 동류를 부르며 올빼미가 거기 거하여 쉬는 처소를 삼으며《창세기》34:14)"에서도 그 일단을 엿볼 수 있다. 릴리트는 원래 수메르, 바빌로니아, 아시리아, 가나안, 페르시아, 히브리, 튜턴 등 고대 국가의 신화에 등장하는 음탕한 여신이었다. 훗날 밤중에 나와 사람의 피를 마시고 아기와 임신부를 죽이는 악마로 묘사되었다. 그런 의미에서 릴리트는 드라큘라 백작보다 수천 년 앞선 인류 최초의 흡혈귀였던 셈이다. 그녀는 또한 괴테의 희곡《파우스트》에서도 아담의 첫 아내로 등장한다. 악마인 메피스토텔레스가 파우스트에게 "아름답지만 음탕한 이 여자에게 속지 마라"라고 충고하는 부분이 나온다.

인류 최초의 여자인 릴리트가 이처럼 부정적인 위상을 부여받은 이유는 무엇일까? 남성들이 그런 여성에게 거부할 수 없는 유혹을 느껴서는 아닐

까? 통상 릴리트처럼 성적인 자기주도권을 가진 여자를 유혹녀라고 한다. 그리고 그녀들은 원하는 남성을 마음대로 선택할 수 있는 탁월한 능력을 가지고 남성을 움직이기 때문에 치명적 여인, 즉 팜파탈이라고도 불린다.

19세기경에는 영국의 라파엘전파 화가들 다수가 릴리트를 그렸다. 가장 대표적인 작품이 존 콜리어의 〈릴리트〉다. 콜리어는 낭만주의 시인 존 키츠John Keats가 쓴 〈라미아〉에서 영감을 받아 뱀과 사랑을 나누며 황홀경에 빠진 듯한 릴리트의 모습을 표현했다. 키츠는 〈라미아〉에서 릴리트를 황금빛과 초록색, 청색의 무늬가 박힌 현란한 뱀에 비유했다. 악마적인 아름다움을 지닌 키츠의 시는 상징주의와 팜파탈에 관한 담론을 형성하는 데 많은 영향을 끼쳤다. 그는 자신의 시에 등장하는 여인들을 무자비하게 남성들을 파멸시키는 사악하고 잔인하며 냉혹한 존재로 그렸다. 이후 릴리트는 남자의 욕정을 도발하는 위험한 요부이자 여성의 파괴적인 힘을 상징적으로 보여주는 존재로 자리매김한다.

콜리어는 키츠의 시를 시각적으로 형상화하는 데 누구보다 탁월한 묘사력을 보여주었다. 그림 속에는 벌거벗은 릴리트가 커다란 구렁이를 몸에 칭칭 감은 채 서 있다. 눈을 감고 온몸으로 미끄러지는 뱀의 유연한 몸뚱이를 그대로 느끼고 있는 그녀는 마치 뱀과 성애의 황홀경에 빠져 있는 듯한 모습이다. 매혹적인 누드와 사탄의 상징인 뱀을 한 몸으로 만들어버린 이유는

존 윌리엄 워터하우스, 〈라미아〉
캔버스에 유채, 1905년, 개인 소장

213

무엇일까? 그저 사탄으로만 해석될 때 뱀은 릴리트의 분신이 되고, 그 분신이 아담과 하와에게로 보내져 파국(선악과를 따 먹고 낙원에서 추방되도록 부추기는)을 일으키는 원인 제공자가 될 것이다. 물론 뱀은 릴리트의 분신이기도 하고, 연인이기도 하다. 통상 뱀은 남근과 다산의 상징이기도 하니까 말이다. 그리하여 이 그림 속 릴리트는 성애의 황홀경을 즐기는, 스스로 성적 주체가 되어버린 무시무시한 존재로 각인된다.

남성을 유혹하여 파멸시키는 여인, 릴리트의 관능성은 단테 가브리엘 로세티의 그림에서 또 다른 모습으로 드러난다. 로세티는 릴리트가 화장하는 순간을 묘사했다. 이 그림에서 특별히 시선을 끄는 것은 머리카락이다. 머리카락은 통상 풍부한 음모를 상징한다. 서양미술사에서는 나체를 그리지만 음모를 그리는 일은 오래도록 금기시해왔다. 음모를 그리게 되면 성적인 주체가 그림을 소유한 사람, 즉 관람자인 남성이 아니라 대상인 여성이 되기 때문이다. 성적 주도권을 여성에게 빼앗길 것 같은 불안과 두려움 때문에 화가들은 무모증에 걸린 듯한 여체를 그렸다. 그래서 화가들은 팜파탈을 다른 상징으로 가시화해 그리는 유연한 방법을 선택했다. 바로 머리카락이 풍성한 여인을 그리는 것! 게다가 그 머리카락을 만지거나 빗질하고 있고, 심지어 거울까지 들고 있다. 거울은 나르시시즘의 상징으로 사랑의 가장 중요한 메커니즘 중 하나다. 그러니까 여기 드러나는 사랑은 자기 자신과의

단테 가브리엘 로세티, 〈릴리트 부인〉
캔버스에 유채, 97.8×85.1cm, 1866~1868년, 윌밍턴 델라웨어미술관

사랑이며, 타자를 사랑하는 여자보다는 자기 자신을 사랑하는 여자가 더욱 사랑받는다는 사실을 보여준다. 그것은 마음대로 되지 않는 사랑이기에 사랑에 목을 매달 수밖에 없다는 논리다.

이렇게 유혹적인 자태로 그려진 릴리트는 당대 여성, 고급 매춘부와 모델들의 벤치마킹의 대상이 되었다. 릴리트를 그린 그림을 가질 수는 없더라도 그녀처럼 꾸며서 사진을 찍는 것이 유행이 되었다. 이 에로틱한 사진들은 대중의 인기를 끌었고, 값비싼 초상화를 소장할 수 없었던 대중은 요부로 분장한 미녀들의 사진을 보면서 대리만족해야 했다. 존 콜리어와 단테 가브리엘 로세티의 릴리트는 세기말 팜파탈의 전형이 되었다. 릴리트는 남성들의 무의식 속에 있는 부정적인 여성의 원형일 것이다. 남성들은 현실 속의 여자에게서 해소할 수 없는 끈끈한 욕망을 매혹적인 팜파탈에 투영했다. 도덕과 윤리를 넘어선 은밀한 욕망을 팜파탈을 통해 충족했던 것이다.

불길함

출 렁 이 는 뱃 살 속 향 연

서양미술사에서 여자들의 나체를 보면 뱃살이 항상 비이상적으로 부풀려져 있다. 팔다리는 날씬해도 배만큼은 살집이 풍성하다. 항상 강조되어 있는 곳은 유방보다 뱃살이었다고 해도 과언이 아니다. 그림 주문자이자 수집가였던 남성들이 진정 뱃살이 있는 여자를 선호했던 것일까?

여성 누드의 전형은 비너스이다. 조르조네Giorgione와 티치아노의 누워 있는 비너스의 배는 한결같이 임신 초기의 배를 가지고 있다. 그리고 우리는 그녀들의 배가 왜 저렇게 불룩한지에 대해 질문하지 않는다. 너무도 익숙한 뱃살로 보이지만, 불편하고 추하게 느끼지는 않는다. 심지어 아름답다고 말하기까지 한다. 서구가 선택한 아름다움이라는 기준에 그저 암묵적 동의가 이루어져온 탓일까?

통상 여성의 뱃살은 수태의 능력을 보장하는 상징이다. 골반 뼈가 모델처럼 불거져 나오고 배가 쏙 들어간 마른 여자가 자주 잉태할 것이라고는 아무도 생각하지 않는다. 남성들은 언제나 수태가 가능한 다산의 메타포로 줄곧 뱃살이 풍부한 여성 모델을 선호해왔다. 뱃살 두둑한 여성들이 더욱더

렘브란트 판 레인, 〈헤라(유노)〉
캔버스에 유채, 127×107.5cm, 1662~1665년, 캘리포니아 해머박물관

과장되게 표현되는 시기가 도래한다. 바로 17세기 바로크 회화다. 이 시대에는 예전의 균형 잡힌 우아한 비너스들이 살집 있는 평범한 여자들로 탈바꿈한다. 물론 당대의 화가들이 다 그런 건 아니다. 당시 화가들은 관습적으로 신화나 성서 속의 여인들을 젊고 아름답고 조화로운 모습으로 그렸다. 그러나 북유럽 플랑드르의 페테르 파울 루벤스나 네덜란드의 렘브란트 판 레인 같은 화가들은 현실 속의 여체를 있는 그대로 적나라하게 노출한다.

　루벤스는 풍만하다 못해 셀룰라이트가 불거진 살찐 나부를 그려 저속한 화가라는 비난을 받아야만 했다. 두 번째 아내인 엘렌 푸르망을 그린 〈모피를 두른 엘렌 푸르망〉이라든지, 〈세 미의 여신〉, 〈파리스의 심판〉 등에 등장하는 여인들은 서양미술사에 유례없이 살찐 여인, 풍부한 뱃살의 소유자들이다. 당대 미인의 기준이 풍부한 살이었던 것일까. 어쨌거나 그들은 현재 미인의 기준으로 보면 확실한 다이어트감이다.

　렘브란트가 그린 여성들도 예외는 아니다. 그가 그린 수많은 여자 중 구약성서의 밧세바Bathsheba가 가장 주목할 만하다. 렘브란트는 이 그림으로 큰 비난을 받아야만 했다. 동시대의 관습적인 규범들을 멀리하고, 보다 내밀하고 정신적인 주제를 추구했으며, 더욱 자유로운 회화 기법으로 그렸기 때문이다. 온전히 밧세바만을 중심으로 화면을 구성하되, 뱃살이 축 처진 중년의 불완전하고 결점 많은 여인의 모습을 그렸던 것! 즉 이상화하지 않

페테르 파울 루벤스, 〈모피를 두른 엘렌 푸르망〉
캔버스에 유채, 176×83cm, 1636~1638년, 빈 미술사박물관

고 사실 그대로를 적나라하게 그렸다는 점 때문이다.

밧세바는 누구인가? 그녀는 다윗의 아들 솔로몬을 낳은 여자다. 히브리어로 '벤'은 '아들'이고, '밧'은 '딸'이다. 벤허는 '허씨 가문의 아들'이라는 뜻이고, 빈(벤이 변한 말) 라덴은 '라덴의 아들'이라는 의미다. 밧세바는 '세바의 딸'이라는 뜻인데, '세바'는 가문 이름이 아니라 안식일을 가리킨다. 영어로도 안식일을 '사바스Sabbath'라고 한다. 안식일은 제7일에 해당하므로 영어의 세븐Seven 역시 세바에서 나온 말일 것이다. 유대에서 '안식일의 딸'이라는 말은 '완벽한 딸'이라는 의미다. 밧세바는 이름 그대로 우선 미모에서 완벽했던 모양이다. 최고 권력자인 왕이 반할 정도니 말이다.

구약 《사무엘 하》에 따르면, 밧세바는 자주 목욕을 즐겼는데 어느 날 왕궁 옥상을 거닐던 다윗의 눈에 띄게 된다. 탁월한 미모에 그만 첫눈에 반한 다윗은 사람을 보내어 그 여인이 누구인지 알아본다. 그녀는 엘리암의 딸 밧세바로 히타이트 사람 우리야의 아내였다. 다윗은 그녀가 참전 중인 자신의 부하의 아내임을 알게 되고, 곧 시종을 보내 그녀에게 편지를 전한다. 왕의 권위를 이용하여 정을 통하려는 속셈이 분명한 초대장이었을 것이다.

밧세바가 목욕을 하던 시기는 월경이 거의 끝나가던 때였던 것 같다. 다윗은 밧세바의 월경이 완전히 멈추기를 기다렸다가 침상으로 끌어들이는 데 성공한다. 아마 배란기였던 듯하다. 밧세바는 태기가 있자 왕에게 알린

페테르 파울 루벤스, 〈분수가의 밧세바〉
목판에 유채, 175×126cm, 1635년, 드레스덴 국립미술관

다. 그러자 다윗은 완전범죄라는 음모를 꾸민다. 사령관에게 친서를 보내 우리야를 예루살렘으로 불러와, 아내와 동침하도록 해서 밧세바가 임신한 아이를 우리야의 아이로 인정받게 하려 했던 것이다. 하지만 매우 충성스러운 장군이었던 우리야는 집으로 돌아가지 않고, 왕궁 문을 지키는 자들과 함께 왕궁을 지켰다. 다윗이 그 사실을 알고 우리야에게 따져 묻자 그는 나라가 전쟁이라는 비상사태에 처해 있는데, 어찌 자기 혼자 집으로 가 아내와 동침할 수 있겠느냐고 대답했다. 다윗은 이런 부하를 살해할 음모를 꾸미게 된다. 다윗은 우리야를 최전선 격전지로 보내 전사하게 만든다. 당연한 수순으로 애도 기간이 끝난 뒤 다윗은 밧세바를 불러들여 정식 후비로 삼았다. 미망인을 후비로 삼았으니 문제 될 것이 전혀 없었다. 모든 것이 다윗의 계획대로 진행된 셈이다.

통상 화가들이 밧세바를 그릴 때 대개 두 가지 시간적 층위를 나누어 그린다. 목욕 중인 밧세바를 다윗이 훔쳐보는 장면, 다윗의 편지를 받고 몸단장을 하고 있는 장면이 그것이다. 첫 번째 장면은 목욕 중인 밧세바가 중심이 되고, 멀리서 이 광경을 관음하는 다윗이 아주 작게 그려지곤 한다. 나체의 밧세바를 시녀들이 둘러싸고 목욕을 돕는 장면은 남성들의 호기심을 자아내기에 충분하다. 가끔씩 밧세바가 얼마나 충실한 아내인지를 보여주기 위해 털북숭이 강아지가 그려지기도 한다. 두 번째 장면은 갈등하는 여인의

한스 멤링, 〈목욕하는 밧세바〉
캔버스에 유채, 191.5×84.5cm, 1485년, 슈투트가르트 국립미술관

내밀한 심리적 표현에 집중해야 하는 까닭에 그다지 많이 그리지는 못한 듯하다.

인간의 심경 변화에 유달리 천착했던 렘브란트는 동침 전 밧세바의 심경을 고스란히 녹여내고 싶어 했다. 밧세바는 페디큐어를 받으며, 편지를 손에 쥐고 회한에 잠긴 표정을 짓고 있다. 눈썹은 아래로 처져 눈물을 참는 듯하고 눈꺼풀은 무겁고 심각하다. 남편에 대한 정절과 왕에 대한 복종 사이에서 갈등하는 심리묘사가 아주 탁월하다. 게다가 특별히 눈에 띄는 디테일은 배꼽이다. 배꼽은 임신한 여자의 그것처럼 불거져 있는 것이 약간 불길하게 느껴진다. 또한 배꼽은 눈과 같다. 그것은 마치 외눈박이 키클롭스의 반쯤 감은 눈 같다. 이런 분위기의 배꼽은 간음 사건으로 인해 그녀가 임신한다는 사실을 암시하는 것일까? 물론 밧세바는 임신한다. 그러나 다윗의 회개에도 신의 노여움 탓인지 첫 아이는 죽는다. 그리고 두 번째 아이가 태어난다. 훗날 유대 3대 왕이자 지혜의 왕 솔로몬이다.

인간적 갈등과 고민에 빠진 밧세바를 그린 렘브란트의 그림은 누드를 바라보는 관자의 욕망의 시선을 거세한다. 전혀 에로틱하지도 섹시하지도 않다. 그저 희로애락애오욕을 통과한 현실의 한 인간의 몸을 보여줄 뿐이다. 주지하듯 이 그림의 모델은 사랑하는 아내 사스키아가 죽은 후 가정부로 들어왔다가 렘브란트와 사랑을 하게 된 헨드리케다. 사스키아의 유언 때문에

렘브란트 판 레인, 〈목욕하는 밧세바〉
캔버스에 유채, 142×142cm, 1654년, 파리 루브르박물관

다시 정식 결혼을 할 수가 없는 처지였던 렘브란트와 헨드리케의 관계는 불륜으로 매도되었고 급기야는 종교재판에까지 회부되었다. 더욱이 네덜란드 종교재판소는 렘브란트는 무죄로 풀어주고, 헨드리케만을 법정에 세워 화가와 간통하고 불법으로 동거했다는 죄로 처벌했다.

아마 당시 헨드리케는 임신 중이었던 것 같다. 밧세바의 배와 배꼽의 생김새가 그 사실을 가늠하게 한다. 어쨌거나 렘브란트는 헨드리케의 마음고생을 밧세바의 갈등과 방황이라는 포장을 빌려 생생하게 표현하고 싶었을 것이다. 이런 렘브란트의 마음을 잘 알고 있는 헨드리케는 자신이 죽을 때까지 그의 곁을 떠나지 않았다. 렘브란트 역시 이 그림을 통해 다윗과 밧세바가 죄를 저질렀지만 신께 용서를 구하고 아들 솔로몬을 얻은 것처럼, 임신 중인 헨드리케에게도 자비를 베풀어주실 것을 기도했던 것은 아니었을까?

자기애

자신과 사랑에 빠진 여자들

거울 보는 여자를 사랑한 남자는 어떻게 되었을까? 거울 보는 여자는 자기를 바라볼 뿐, 자기 앞의 남자를 주시하지 않는다. 그녀에게 관심의 대상은 자식도 남편도 애인도 아닌 바로 자기 자신일 뿐이다. 소위 자신만을 바라보는 나쁜 여자에게 끌린 남자의 종말은 어떻게 됐을까?

미술사에서 거울 보는 여자는 언제부터 등장한 것일까? 르네상스 시대, 유리 산업이 발달했던 베네치아에서 '거울 보는 비너스'가 처음으로 등장했다. 비너스는 왜 거울을 들고 있는 것일까? 화가들은 왜 특별히 거울 보는 여자 혹은 몸단장하는 여자에게 주목한 것일까?

특히 베네치아 화파의 거장 티치아노는 거울을 주제로 한 그림을 많이 그렸다. 에로스가 받쳐주는 거울을 보며 몸단장을 하는 비너스 말이다. 1555년경에 그린 〈거울 보는 비너스〉는 베누스 푸디카Venus Pudica, 즉 정숙한 여인의 포즈를 하고 있다. 한 손으로는 가슴을, 다른 손으로는 음부를 가리는 포즈 말이다. 이 그림은 하체에 매우 화려한 모피를 두름으로써 여성의 성기를 가리는 동시에 더 풍성한 음모를 상기시킨다. 그래서인지 이 그림은 마조히즘Masohism이라는 용어의 어원을 만든 레오폴드 자허-마조흐Leopold von

티치아노, 〈거울 보는 비너스〉
캔버스에 유채, 124.5×105.4cm, 1555년, 워싱턴 국립미술관

Sacher-Masoch에게 지대한 영감을 주었다. 그는 이 작품에서 영감을 받아《모피를 입은 비너스》라는 소설을 썼다. 마조흐는 소설 속 주인공 제베린의 입을 빌려, 이 비너스가 "거울로 자신의 당당한 매력을 냉정하고 유쾌하게 음미하고" 있고, "그녀의 하체를 감싼 폭군의 모피는 여성의 아름다움 속에 숨겨진 폭력과 잔인함의 상징"이라고 말하며 모피와 채찍에 대한 피학적 집착을 전개한 바 있다.

비너스가 거울을 본다는 것은 어떤 의미일까? 비너스는 미와 사랑의 신이다. 아름다움과 사랑은 불가분의 관계다. 아름다워야 사랑하게 되고, 사랑하게 되면 아름답게 보인다. 비너스가 거울을 본다는 것은 비너스가 가진 자기애적 속성을 말한다. 사랑의 가장 근원적인 속성은 무엇인가? 사랑은 대상을 향해 있지 않다는 것이다. 사랑은 사랑을 사랑하는 이데아적 속성을 갖는다. 우리가 사랑할 때, 나의 환상을 상대에게 뒤집어씌우는 것이다. 사랑의 속성은 베일이다. 베일을 벗겨내면 죽음이라는 걸 알기에 가능한 한 베일을 벗겨내지 않을 것이다. 자기 자신에게만 관심이 있는 비너스를 강조하기 위해, 사랑의 나르시시즘적인 속성을 강조하기 위해 화가들은 거울 보는 여자를 그린 것이라고밖에 말할 수 없지 않겠는가?

바로크 시대로 오면 거울은 더 자주 등장한다. 스페인 미술사에서 보기 드문 누드였던 디에고 벨라스케스Diego Velázquez의 〈거울을 보는 비너스〉는

조반니 벨리니, 〈거울 보는 여인〉
캔버스에 유채, 62×79cm, 1515년, 빈 역사박물관

완전히 뒤돌아 있는 누드를 표현해 물의를 빚었던 작품이다. 1649년에서 1650년 사이 벨라스케스는 그의 예술적 안목을 신뢰했던 왕의 명령으로 미술 작품을 수집하기 위해 이탈리아로 떠난다. 이때 그려진 대표적 작품이 〈교황 이노센트 10세〉와 〈거울을 보는 비너스〉다. 로마 체류 당시 스무 살이었던 플라미니아 트리바를 모델로 이 그림을 그렸다. 그녀는 로마 상류층 출신으로 화가의 아이를 낳았다고 한다.

비너스가 벌거벗은 채 회색 새틴 시트가 깔린 침대 위에 누워 있다. 그녀의 살갗은 장밋빛으로 빛나지만, 풍만한 엉덩이에 비해 유난히 허리가 가늘며 몸이 좀 야위고 작은 편이다. 동시대에 활동했던 화가인 렘브란트와 루벤스가 그린 북유럽의 풍만하고 육감적인 누드와는 달리 획기적으로 날씬한 누드로 평가된다. 큐피드는 거울을 잡고 그녀의 얼굴을 비춰주려고 한다. 거울은 비너스가 얼굴을 보기 위한 각도가 아니라, 관람객에게 비너스의 얼굴을 보여주기 위한 각도이다. 게다가 그녀의 뒷모습과 큐피드가 받쳐 든 거울 속의 얼굴이 대조를 이룬다. 즉 뒷모습의 실체는 분명하지만, 거울 속 이미지는 희미하다. 그것은 그녀가 자신의 실체를 드러내지 않는다는 뜻일까? 아니면 관객인 당신이 보는 건, 그녀의 실체가 아니라 환영(환상)일 뿐이라는 뜻일까? 그런 의미에서 현실과 가상의 이미지의 관계를 탐구하려는 것이 벨라스케스의 의도가 아닐까?

디에고 벨라스케스, 〈거울을 보는 비너스〉
캔버스에 유채, 122.5×177cm, 1644~1648년, 런던 내셔널갤러리

벨라스케스의 비너스가 다른 비너스보다 유독 더 사랑받는 이유는 무엇일까? 그것은 사랑과 욕망에 관한 흥미로운 담론을 환기하기 때문이다. 첫째, 모든 거울 보는 비너스는 자아도취 즉 자기와 사랑에 빠진 나르시시즘적인 존재라는 점을 보여준다. 비너스가 사랑받는 이유는 '타인을 향한 이타적 사랑'의 행위자가 아닌, 자기 자신만을 사랑하는 존재이기 때문이다. 남자들이 나쁜 여자에게 매혹되는 심리다. 둘째, 벨라스케스의 비너스는 이전의 비너스와는 달리 감상자의 쾌락에 봉사하지 않기 때문이다. 즉 비너스는 자신을 바라보는 감상자의 시선을 단호하게 거부하고 오로지 자신에게만 몰두하고 있다. 앞모습을 보여주지 않는 비너스는 감상자의 충족을 지연시킨다. 그리하여 그들의 욕망은 미끄러진다. 그것만이 그녀를 지속적으로 욕망하게 만드는 동인이다. 우리 사랑도 그렇다.

거울 보는 여자 중 특별히 주목하게 만드는 그림이 있다. 바로 귀스타브 쿠르베가 그린 〈아름다운 아일랜드 여인, 조〉이다. 붉고 곱슬거리는 긴 머리카락을 매만지며 거울을 보는 여인을 이렇게 가까운 거리에서 그릴 수 있었던 배경은 도대체 무엇일까? 사실 조안나 히퍼넌이라는 이름의 이 여자는 친구의 애인이다. 정확히 말하자면 후배 화가인 제임스 휘슬러의 정부이다. 타인의 욕망을 욕망하는 욕망의 메커니즘처럼, 휘슬러의 애인을 탐하는 쿠르베의 시선이 과다하게 녹아 있다.

조안나는 아일랜드에서 태어나 영국으로 이주했는데, 넉넉지 못한 경제 사정으로 충분한 교육을 받지 못했지만 아주 총명한 여자였다. 미국 출신 화가인 제임스 휘슬러의 모델이 되었다가 곧 그의 연인이 되었다. 휘슬러와 함께 사교 모임이나 예술가들의 회합에 적극적으로 동참했던 그녀는 남다른 매력으로 예술인들 사이에서 숱한 화제를 뿌렸다. 쿠르베와 휘슬러는 마치 스승과 제자처럼 존경하며 우정을 키워나갔던 사이였다. 그런데 휘슬러가 여행을 떠난 틈을 타, 쿠르베는 조안나에게 모델 제의를 한다. 40대 후반의 쿠르베와 20대 초반의 한창 젊은 나이였던 조안나의 만남이었다.

특히 이 그림은 쿠르베가 어마하게 숱이 많으며 탐스럽고 윤기 나는 머리카락을 가진 여인, 그리고 팽팽하고 투명한 피부를 가진 이 여인에게 얼마나 매혹되었는지를 적나라하게 보여준다. 어떤 서사나 교훈도 배제한 채 그저 자신의 모습에 몰입된 한 존재를 바라보는 시선의 정체는 무엇일까? 사실 쿠르베는 여염집 여자 혹은 사교계의 우아한 여성들과는 전적으로 다른 그녀에게 매료되었던 것 같다. 그러니까 조안나의 '최고의 매춘부 같은 분위기' 그리고 '세속적이고 퇴폐적인 아름다움'에 끌렸던 듯하다.

쿠르베에게 그녀의 도발적인 빨간 머리는 영원히 유쾌한 이미지였다. 그리고 그 풍성한 머리카락은 음모를 상기시킨다. 조안나가 그 유명한 〈세상의 근원〉 속 모델이라고 여겨질 정도다. 머리를 매만지며 거울을 보는 조안나는 자신의 머리카락이 남성들을 유혹하는 데 얼마나 큰 무기인지를 잘 알고 있다는 듯한 무심한 표정이다. 바로 이런 점이 쿠르베를 매료했을 것이다. 평생 독신으로 살며 자유연애주의자였던 쿠르베가 죽을 때까지 팔지 않고 소장했던 작품이 바로 이 그림이라는 사실만 보아도 알 수 있다.

　통상 거울은 허영과 덧없음 즉 무상의 메타포다. 자신의 아름다움이 영원할 것이라고 믿는 여자의 허영심과 어리석음을 일깨우기 때문이다. 또 거울 앞에 있던 대상이 자리를 뜨면 거울에도 형상이 남지 않는다. 이처럼 거울은 기억하고 기록하는 기능이 전혀 없다. 그래서 거울은 시간의 덧없음과 삶의 무상함 즉 죽음의 알레고리로 쓰이는 것이다. 어쨌거나 거울 보는 여자는 나르시시스트이고, 나르시시즘이 강한 여자는 허영심이 강한 여자다. 허영심을 가진 여자는 현실에 발을 붙이지 않기 때문에 뜬구름처럼 잡히지 않고, 신기루같이 묘연하고, 꿈처럼 몽롱하다. 그런 까닭에 허영심은 매우 에로틱한 분위기를 풍긴다. 그리고 이상하게도 거울 보는 여자들은 실제로 아름답건 그렇지 않건 결국에는 아름답게 보인다. 지독한 자기 사랑에는 기묘하게도 중독성이 있다.

욕망할수록
가질 수 없는 삶

매혹

꼬 리 치 는   여 자 의   역 사

인어는 누가 만들어냈을까? 배를 타고 망망대해를 항해하는 전 세계 남자들이 '여성 없는' 항해 생활을 견디기 위해 인어라는 존재를 상상으로 만들어냈던 것은 아닐까? 특히 항해를 많이 했던 지역의 사람들일수록 오래전부터 전해 내려온 인어에 관한 신화와 전설에 능통했다. 상상의 세계 속 인어는 긴 머리카락에 풍만한 가슴, 잘록한 허리, 우아한 팔을 지녔으나 하반신은 물고기 비늘로 덮여 있는 모습으로 그려졌다. 이 인어들은 뱃사람들을 홀려 마음과 정신, 재산과 영혼까지 빼앗는다. 그런데 문제는 이런 인어들이 오로지 사악하다거나 마녀 같다거나 미개하다고만 여겨지지 않는다는 것이다. 오히려 그들은 부드럽고 유연하고 매혹적인 것이 마치 천진한 암살자 같다고 생각될 정도다.

유년 시절 읽었던 그림 동화 속 인어 이야기는 디즈니 스타일에 판타지가 가미된 미국적 신화일 것이다. 사실 인어는 그리스 신화 속 세이렌이 변형된 결과물이다. 진화의 역사를 거슬러 물고기가 새가 되는 이치를 반대로 실현하고 있는 것처럼 보인다. 고대 그리스 시인 호메로스의 《오디세이아》에 나오는 세이렌은 상체는 여성이고 히체는 새의 모습이다. 게다가 세이렌

존 윌리엄 워터하우스, 〈인어〉
캔버스에 유채, 96.5×66.6cm, 1900년, 런던 로열아카데미

은 꾀꼬리처럼 청아한 목소리로 남성들을 유혹한다. 그런 까닭에 로마 시대 모자이크 회화 속에서 세이렌은 상체는 여자이고 하체는 새의 형상으로 조합된 이미지로 드러난다. 그러나 중세 후반기 이후 미술 작품에 표현된 세이렌은 점차 여인의 상체가 강조되고, 여기에 물고기의 꼬리가 합쳐진 모습으로 표현된다. 즉 사람과 흡사해진 모습으로 바뀌며 더욱더 에로틱한 여성의 모습으로 진화했다. 어쩌면 이는 로마 시대 이후 세이렌이 포세이돈의 딸로서 바다의 님프로 활약했기 때문이 아닌가 싶다.

그런데 이 매혹적인 인어 아가씨의 유혹은 받았으되, 유혹당하지는 않았던 존재가 있었으니 바로 오디세우스였다. 오랜 외유를 끝내고 귀향길에 오른 오디세우스는 마녀 키르케의 섬에 억류당한다. 키르케는 지중해에 살면서 아름다운 노래로 선원들을 유혹하여 죽음에 이르게 하는 세이렌의 마법에서 벗어날 수 있는 방법을 알려준다.

"당신은 세이렌이 사는 섬을 피해갈 수 없어요. 그들의 노래를 듣는 사람들은 누구나 넋을 빼앗기게 되죠. 세이렌 자매는 풀밭에 앉아 달콤한 목소리로 당신을 부르지만 그 풀밭 기슭은 온통 죽음의 그림자로 뒤덮인 채 시신들의 뼈와 살로 썩어가고 있답니다. 배를 멈추지 말고 섬을 지나쳐야 해요. 밀랍을 이겨서 뱃사람들의 귀를 단단히 틀어막으세요. 아무도 그 노래를 듣지 못하도록 말이죠. 그렇지만 진정 당신이 노래를 듣기 원한다면 먼

존 윌리엄 워터하우스, 〈오디세우스와 세이렌〉
캔버스에 유채, 100×201.7cm, 1891년

저 몸을 돛대에 단단히 붙들어 매야 합니다."

오디세우스는 키르케의 조언대로 부하들에게 명한다. 자신을 돛대에 묶고 만약 풀어달라고 애원해도 절대 풀어주지 말고 오히려 밧줄로 훨씬 더 단단히 동여매라고 말이다. 오디세우스는 세이렌의 감미로운 노래에 사로잡혔고, 그도 예외 없이 유혹에 넘어간다. 하지만 무사히 탈출에 성공하여 오디세우스는 유혹받으면서도 유혹당하지 않았던 특별한 인간, 즉 영웅이 될 수 있었던 것이다.

한편《오디세이아》를 기독교적으로 해석하면 배는 교회를 은유하며, 바다는 지상의 삶이다. 오디세우스의 목적지는 영생을 의미한다. 이처럼 오디세우스는 인간의 영혼을, 세이렌은 인생에서 만나는 위험과 유혹을 상징한다고도 볼 수 있다. 세이렌으로 표상되는 인어들은 섬뜩하면서도 황홀한 노래와 아름다운 선율을 파도에 실어 뱃사람들에게 보냈다. 뱃사람들을 꾀어내 죽음에 이르게 하는 초자연적인 인어. 인어들의 노래를 들은 선원들은 배에서 뛰어내려 노랫소리가 나는 쪽으로 헤엄쳐갔다. 또는 세이렌들은 요염한 마력으로 선장에게 최면을 걸어 배를 암초투성이 섬으로 몰아가 충돌하도록 유인하기도 했다.

그렇다면 뱃사람들은 왜 인어에게 매혹되었을까? 어쩌면 인어의 무기는 아름다운 목소리가 아니라 젖가슴이 아니었을까? 젖가슴은 늘 남성들을 매혹하고 사로잡아왔다. 프로이트에 따르면, 남자들이 처음으로 쾌감을 느끼는 경험은 어머니의 젖가슴을 빠는 것이라고 한다. 아무리 생김새가 기묘한 바다생물이라고 해도 남자들로 하여금 그 동물을 인어라는 신분으로 파악하도록 유도하는 건 여자다운 젖가슴일 터! 선원들은 "저것 좀 봐! 젖가슴이 있잖아!"라고 소리친다. 어쩌면 그것은 해마일 수도 있고, 해마처럼 생긴 바다소일 수도 있다. 인어는 여성에게 굶주린 선원들에게 나타나는 환영일지도 모른다.

칼 구스타브 융Carl Gustav Jung의 심리학적 관점에서 보았을 때 인어는 남성의 무의식 속에 존재하는 여성적 요소, 즉 아니마Anima라고 할 수 있다. 아니마는 남성이 조상 대대로 여성에 관해서 경험한 모든 것의 침전물이다. 인간 정신 속에 전승된 여성적 요소로 남성에게서 아니마는 기분Mood이나 감정Emotion으로 나타난다. 예컨대 느낌, 직관, 기분, 예견, 육감, 비합리적인 것에 대한 감수성, 개인적 사랑의 능력, 자연에 대한 느낌, 무의식처럼 남성의 마음에 숨은 모든 여성적인 심리적 경향들이 인격화된 것이다. 좀 더 세분화하면 아니마는 허영심, 변덕, 질투와 같은 감정으로도 드러난다.

어떤 면에서 인어들은 남자들이 여자들을 보며 느끼는 갈등을 반영한다. 여자들은 아름답고 신비롭고 매혹적이지만, 남자들을 취약하게 만들고, 이성을 잃게 하며, 광기에 사로잡히게 하는 감정들을 유발한다. 여자들은 비록 육신이 섬약하다 할지라도 강력한 남자를 예속시키는 것은 물론 파멸시킬 정도로 강하다. 이로써 매혹적이면서도 치명적인 여성이라는 아주 오래된 개념은 숱한 신화와 예술 작품을 낳게 하는 위력을 발휘했다. 인어는 남자가 여자의 치명적인 매력에 대해 가지는 공포심의 결정체인 것이다.

문학가인 다이앤 애커먼Diane Ackerman에 따르면, 바다의 사나이들에게 인어란 그들이 받아들일 수밖에 없는 바다의 자기파괴적 속성과 그들이 남겨두고 온 여인들로 인한 외로움이 결합된 존재다. 바다의 사내들은 바다가 생명력이 풍부하고, 유려하며, 자궁처럼 아늑하고, 벨벳처럼 보드랍다고 여긴다. 동시에 폭풍우처럼 사납기도 하고, 심술을 부리는 마녀 같다고 느끼기도 한다. 바다는 여성의 양면적 속성을 모두 다 가지고 있다. 바다는 마치 잠자는 사람처럼 엉덩이를 이리저리 들썩이며 부드럽게 일렁인다. 바다는 꿈을 꾸고 있는 여자인 것이다. 남자가 바다에 들어갈 때 그는 여자의 몸으로 들어가는 듯하다고 느낀다. 남자는 나긋나긋하고도 분명한 몸짓으로 자신을 꼭 붙잡는 여자에게 기꺼이 자신을 내어주면서 여자의 육신에 녹아드는 일에 탐닉한다. 바다 역시 인간적인 존재가 되어 남자를 껴안고 놓아주지 않는다. 마치 사랑에 빠져서는 안 될 존재와 사랑에 빠진 듯 아득해지는 동시에 위험성을 감지하게 되는 순간을 맞게 되는 것이다.

바로 이런 의미를 가진 인어(세이렌)는 특별히 19세기의 라파엘전파 화가

크누트 에크월Knut Ekwall, 〈어부와 세이렌〉
캔버스에 유채, 19세기 말

들이 자주 사용한 소재였다. 라파엘전파 화가들의 그림 속에서 세이렌은 더욱더 치명적인 매력을 지닌 팜파탈로 등장한다. 특히 존 윌리엄 워터하우스는 인어에 천착했다. 긴 머리칼에 벌거벗은 상반신은 남성들을 끊임없이 자극하지만 차디찬 물고기 꼬리는 성교가 불가능하다는 것을 일깨워준다. 20세기 전반기 정신분석에 관심이 많았던 초현실주의자들 역시 인어가 남성의 무의식 속에 잠재한 성욕을 상징한다고 보았다. 벨기에 출신의 초현실주의 화가 폴 델보Paul Delvaux의 그림 역시 유혹하는 동시에 거부하는, 결코 충족될 수 없는 성적 갈망의 대상인 여성의 본질을 드러내고 있는 것이 아닐까?

완벽

가 장 기 괴 하 지 만 , 가 장 온 전 한 인 격 체

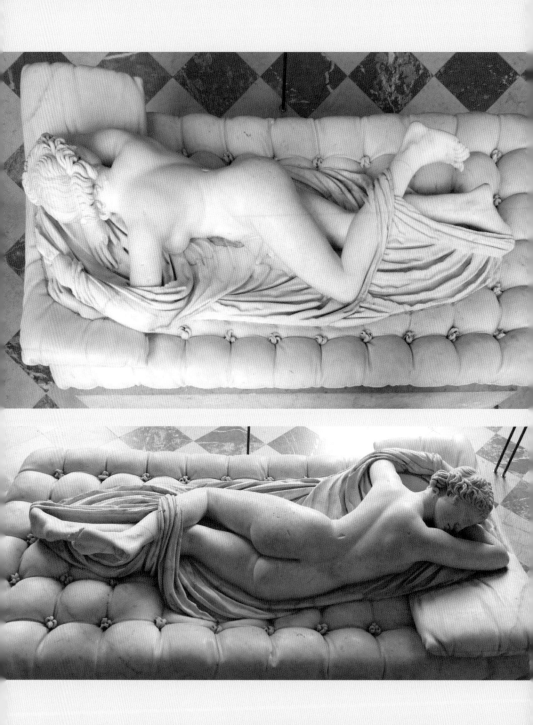

서양미술사에서 돌아누운 누드 중 탁월하게 아름다운 조각상은 사실 비너스가 아니었다. 그것은 바로 〈잠자는 헤르마프로디토스〉다. 젊은 시절 처음으로 파리를 방문했을 때 일이다. 루브르박물관을 꼼꼼히 마스터하자는 꿈을 가지고 둘러보았을 때에도 이 조각상은 눈에 들어오지 않았다. 이를테면 그저 그렇고 그런 비너스 중 하나라고 생각해 스쳐 지나친 작품들 중 하나였다. 몇 년 후 이 조각상을 다시 마주쳤을 때는 다소 충격적이었다. 아주 아름다운 뒤태와 유방을 가진 그녀(그)의 아랫도리에 남근이 달려 있었기 때문이다.

다른 관람객 역시 반쯤 돌아누워 있는 이 아름다운 조각상을 여인의 몸인 줄 알고 감상하다가 놀란 모습을 감추지 못하게 된다. 관객들은 얼굴과 등, 엉덩이, 다리, 들어 올린 발까지 흠잡을 데 없이 아름다운 여인의 몸을 시선으로 어루만지다가, 살짝 틀어버린 엉덩이 안쪽 음부를 보게 된다. 그곳에 남성 성기가 수줍게 자리하고 있기 때문이다. 이 드라마틱한 반전의 조각은 필시 숨기는 동시에 드러내는 것, 고대 그리스인들이 생각하는 진리Alētheia, 탈은폐를 드러내는 방식이 아니고 무엇이겠는가.

〈잠자는 헤르마프로디토스〉
대리석, 169×89cm, 2세기, 파리 루브르박물관

헤르마프로디토스는 그 이름에서 암시하듯 그리스 신화에 나오는 전령의 신 헤르메스와 아프로디테 사이에서 태어난 아들이다. 본래 미남이었으나 물의 요정 살마키스와 융합하여 양성구유의 몸이 되었다. 암수한몸을 의미하는 용어인 헤르마프로디테Hermaphrodite는 헤르마프로디토스의 이름에서 유래한 것이다. 한국어로 번역하면 '남녀추니', 순수한 우리말로는 '어지자지'라고 한다. 의학적으로는 '앤드로자인', 또는 '허머프로다이트'라고 한다. 앤드로자인은 그리스어 '안드로귀노스'에서 온 말이고, 허머프로다이트는 헤르마프로디토스를 영어식으로 발음한 것이다.

헤르마프로디토스가 양성구유의 몸이 된 사연은 무엇일까? 오비디우스의 《변신 이야기》를 따라가 보자. 아프로디테의 아들답게 눈부시게 아름다운 헤르마프로디토스는 이다산에서 사는 동굴의 요정인 나이아데스들에 의해 길러졌다. 이다산은 오늘날의 터키 지역인 프리지아 지방에 위치한 성스러운 산이다. 소년은 열다섯 살이 되었을 때 매번 보는 풍경에 싫증을 느껴 다른 도시를 구경하기 위해 여행을 떠난다. 그러다 소년은 할리카르나소스(오늘날의 터키 보드룸 지역) 근교의 숲에서 물의 요정 살마키스를 만나게 된다. 살마키스는 수려한 미모의 헤르마프로디토스에게 얼어붙듯 그만 홀딱 반해버린다. 불타오르는 정욕을 감출 수 없었던 소녀는 숲 속에 몸을 숨기고 소년을 지켜보았다.

〈헤르마프로디토스〉
대리석, 높이 78.5cm, 기원전 20년, 보스턴 파인아트박물관

살마키스는 애원한다. "당신 혹시 신이 아닌가요? 신이라면 큐피드겠죠? 만일 당신이 인간이라면 당신의 부모 형제는 복 받은 사람들이지요. 당신에게 유모가 있었다면 그분도 복을 받은 거예요. 하지만 가장 큰 복을 받은 사람은 당신과 약혼한 처녀일 겁니다. 혹시 그런 처녀가 있다면, 그녀 몰래 저를 만나 사랑해주시면 안 될까요? 그런 이가 없다면 저를 애인 삼아주세요. 아, 저를 사랑해주세요. 제발." 하지만 소년은 아직 사랑이 뭔지 몰랐다. 그는 그녀를 거들떠보지도 않았다. 그러던 어느 날 살마키스는 홀로 목욕하고 있던 소년에게 다가간다. 그녀가 몰래 옷을 벗고 소년의 목을 강제로 껴안자 소년은 비명을 질렀다. "나를 놓아주세요!" 그럴수록 살마키스는 더욱더 그의 가슴과 등을 쓰다듬으며 꼭 끌어안았다.

헤르마프로디토스는 있는 힘껏 그녀에게 저항했다. 마침내 그녀는 그를 껴안은 채 외쳤다. "이런 바보! 빠져나갈 수 있으면 그렇게 해봐. 마음대로 안 될걸! 신들이시여! 이대로 있게 해주소서. 이 남자가 제게서, 제가 이 남자에게서 영원히 떨어지지 않게 하소서!"

살마키스의 기도를 들어주기로 결정한 신은 헤르마프로디토스의 의사도 묻지 않고 그녀의 소원을 들어주었다. 둘을 자웅동체로, 즉 한 몸으로 만들어버렸다. 성애의 절정에 다다르는 순간 한 몸으로 붙어버린 셈이다. 헤르마프로디토스는 부모인 헤르메스와 아프로디테에게 이 연못에서 목욕한 사람은 누구든 자신과 같은 몸이 되게 해달라고 빌었고, 그 소원 역시 이루어졌다.

고대 그리스인들은 헤르마프로디토스를 통해서 무엇을 얘기하고 싶었던 것일까? 혹 플라톤의 《향연》에서 그 실마리를 찾을 수 있지 않을까? 플라톤은 《향연》에서 "인간은 본래 양성을 지녔었는데, 신이 반쪽으로 분리한 후부터 자신의 잃어버린 반쪽을 찾으려고 헤맸다"고 말했다. 사랑은 우리 자신의 잃어버린 반쪽에 대한 자연스러운 욕망이며, 인생이란 자신의 잃어버린 반쪽을 찾기 위한 여정이라는 것이다. 그런 의미에서 헤르마프로디토스는 플라톤의 에로스론의 핵심을 보여준다고 할 수 있다. 또한 아리스토텔레스의 제자이자 친구인 테오프라스토스Theophrastos의 기록에 따르면 헤르마프로디토스는 남성성과 여성성의 결합으로 결혼을 상징하기도 한단다.

그리고 이 이론은 분석심리학자 칼 융의 아니마남성 속의 여성성, 아니무스여성 속의 남성성라는 개념으로 진화한다. 융은 인간이 어쩔 수 없는 양성체라는 것을 보여주기 위해 이 개념을 정교하게 탐구한다. 한 인간이 성별로 여자든 남자든 엄마와 아빠의 결합으로 태어났으니까 말이다. 결국 헤르마프로디토스는 가장 완벽한 인간 형태라는 결론을 내린다. 우리가 양성성을 고려하는 교육을 받은 세대가 아니기 때문에, 이를 자연스럽게 받아들이지 않았던 것뿐이다. 인간은 양쪽을 다 살필 수 있을 때, 예컨대 나의 의식과 무의식, 남성성과 여성성, 선과 악, 탁월성과 열등성, 페르소나와 그림자 등 상반되는 측면을 돌아보면서 자신을 통합할 수 있을 때 좀 더 풍요롭고 다양한 시각을 갖게 된다. 융의 언어로는 대극의 합일인데, 이를 통해 인간과 인생을 깊이 이해하고 통찰하게 된다. 이해의 깊이만큼 삶과 사람을 사랑하지는 못할지라도 이해의 깊이만큼 인생이 풍요로워지는 것이리라.

서양미술사 속 헤르마프로디토스는 통상 남녀 두 개의 머리와 팔과 다리를 가진 자웅동체의 인물이지만 샴쌍둥이와 같이 남자와 여자가 서로 등이 붙어 있거나, 남녀의 구분이 불분명한 소년(소녀)의 모습으로 나타나기도 한다. 그리스 로마 시대의 예술 작품에는 남성의 성기가 달린 여성의 모습으로 자주 묘사되었다. 〈잠자는 헤르마프로디토스〉 역시 고대 그리스 시대에 등신대 크기의 대리석으로 만들어진 것으로 보이지만, 정확히 언제 누가 만들었는지는 알 수 없다. 1620년 바로크 조각가인 잔 로렌초 베르니니가 침대를 조각해 그 위에 올려놓은 것이 현재의 모습이다.

사실 상징적인 의미에서 헤르마프로디토스는 우리 사회에서도 도처에 깔려 있다. 역사적으로 유명한 인물들 중에도 이런 이들이 여럿이었다. 프랑스의 소설가 조르주 상드George Sand는 자주 남성복을 입고 시가를 문 채로 파티장에 나타났다. 이런 복장을 입는 취미는 그녀의 남성성을 드러내기 위

프랑수아 조제프 나베스, 〈살마키스와 헤르마프로디토스〉
캔버스에 유채, 197×147cm, 1829년, 겐트 파인아트박물관

한 전략이었다.

상드뿐 아니라 천재와 영웅들을 사로잡았던 여성들의 가장 큰 특성은 양성성이었다. 이 양성성이라는 것은 성적이며 육체적인 의미를 넘어서 문화적, 젠더적, 예술적, 철학적으로 다방면에 걸친 다양성의 사유를 함의한다. 그래서인지 조르주 상드는 추녀였음에도 프레데리크 쇼팽을 비롯한 세기의 남자들을 매혹할 수 있었다. 모든 경계는 아슬아슬하고 위태롭지만 막강한 꽃은 그런 곳에서 핀다.

도발

동물과 사랑에 빠진 여자들

요사이 부쩍 동물과 사랑에 빠진 여자들이 많다. 남편이 개와 고양이보다 서열이 낮은 경우도 흔하다. 오죽했으면 이사할 때 아내가 남편을 빼놓고 갈 수도 있다는 생각에 남편이 강아지를 꼭 붙들고 자동차 조수석에 미리 앉아 있어야 한다는 우스갯소리까지 나올까.

우리나라 사람들은 감정이입의 천재들이다. 어찌나 동물과 공감이 잘되는지 개를 데려다 키우는 순간 개의 아빠 엄마가 되어 있다. 이들은 동물이 인간보다 낫다고 한다. 동물에 대한 그들의 의존도에는 왠지 애환이 섞여 있다. 인간에게 받은 상처와 배신으로 만신창이가 된 무의식을 지닌 사람들의 방어기제처럼 들린다. 그래서 북유럽 국가에선 정도를 넘어선 수의 동물을 키우려면 정신과 치료부터 받아야 한다고 한다. 요즘 우리나라는 생명을 키우는 일을 너무 섣불리 결정한 탓인지 유기동물이 넘쳐나고, 동물을 수십 마리 이상 키우는 동물계의 성모마리아 같은 사람들도 꽤 많아졌다.

서양미술사 속 반려동물들은 어떤 역할을 했을까? 먼저 신화 속 여신, 여왕, 님프들이 데리고 다니는 동물부터 살펴보자. 사실 여신들은 모두 동물 애호가였다. 헤라의 신조는 공작이고, 아데니의 신조는 올빼미다. 아프로디

페테르 파울 루벤스, 〈헤라와 아르고스〉
캔버스에 유채, 249×296cm, 1611년, 발라프리하르츠미술관

테의 신조는 비둘기요, 아르테미스의 동물은 사냥개다. 헤라의 신조가 공작이 된 이유가 참 흥미롭다. 어느 날 헤라가 제우스와 이오의 불륜 현장을 급습하려 하자 제우스는 이오를 암소로 둔갑시켰다. 헤라는 모르는 척 암소를 달라고 요구했다. 제우스는 이런저런 핑계를 대며 헤라의 제안을 거절했으나 이미 헤라의 덫에 휘말렸다.

제우스는 고작 암소 한 마리 달라는 아내의 요청을 거절할 명분이 없었다. 그리고 헤라는 소를 받아와 거인 아르고스를 시켜 암소(이오)를 감시했다. 아르고스는 백 개의 눈을 가지고 있기 때문에 간수로서는 적격이었다. 제우스는 헤르메스에게 이오를 되찾아오라 명했고, 헤르메스는 피리 소리로 아르고스를 잠들게 한 후 그의 목을 벴다. 이 소식을 들은 헤라는 아르고스의 시신에서 백 개의 눈을 수습해 자신이 사랑하는 공작새의 깃털을 장식했다. 공작새의 깃털에 아로새겨진 눈 모양의 커다란 패턴이 바로 다른 여자로부터 남편을 지켜줄 무기가 된 것이다.

아프로디테의 신조가 비둘기가 된 사연도 흥미롭다. 엄마와 아들 사이인 아프로디테와 에로스는 어느 날 내기를 했다. 누가 꽃을 더 많이 따는가 하는 것이었다. 이때 아프로디테를 따르는 요정 페리스테라가 도왔고 아프로디테가 내기에서 승리하게 됐다. 화가 난 에로스는 페리스테라를 비둘기로 변신시켜 버렸는데, 이때부터 비둘기는 아프로디테의 상징이 되었다. 올빼미는 지혜의 여신 아테나의 곁을 지키는 신조이다. 올빼미는 어둠 속에서도 또렷한 시야를 자랑하는데, 이는 무지를 밝힌다는 뜻에서 아테나의 상징물이 되었다. 아르테미스는 아폴론과 쌍둥이로 사냥의 여신이다. 그녀는 선머슴 같은 성격으로 산과 들로 뛰어다니며 전사처럼 지낸다. 그녀에게 사냥개가 따라붙는 건 너무도 자연스럽다.

여신들이 동물들을 데리고 다니는 건, 각 동물 특유의 속성이 그녀들의 무의식을 지배한다는 의미이다. 또한 여성들이 동물과 더 잘 소통하고 있다는 걸 보여주는 표상일지도 모른다. 그런 까닭에 제우스는 유혹하고픈 여성에게 다가갈 때 동물로 자주 변신했다. 에우로페가 성스러움의 상징인 흰 황소를 좋아한다는 걸 알고 흰 황소의 모습으로 접근했고, 테베의 공주 안티오페가 온실 속의 화초로 자라나 우아하고 정숙한 환경을 즐기면서도 마음 한구석에는 은근히 거친 욕망을 가지고 있다는 사실을 잘 알고 있었기 때문에 색정욕의 화신인 반인반수 사티로스로 변신했다. 레다가 백조를 좋아한다는 사실을 알고 우아한 백조의 모습으로 접근했으며, 헤라가 연민과 동정심이 있는 여자라는 걸 알고 있었기에 불쌍하고 가엾은 비 맞은 뻐꾸기로 변신해 그녀의 창가로 날아들 수 있었던 것이다.

화가들은 제우스의 변신 능력을 부러워했던 것인지, 무엇보다 이런 장면을 시각적 볼거리로 가시화하기에 바빴다. 이런 모든 동물보다 디 지주 어인들의 침대와 발치를 장식한 동물들이 있다. 베네치아 르네상스 시대의 대표적 화가 티치아노의 〈우르비노의 비너스〉에는 개 한 마리가 등장한다. 그 개는 바로 유럽 귀족의 총애를 한 몸에 받았던 '파피용'이라는 견종이다. '나비'라는 뜻의 파피용은 겨우 평균 5킬로그램에 우아한 외모를 지닌 총명한 개로 알려져 있다. 르네상스 유럽의 귀족들, 특히 프랑스의 귀족들은 예민하지만 실용적이고, 건강해서 병에 잘 안 걸렸던 이 개를 무척 좋아했다. 로코코 시대의 실내 그림 속 풍경에도 파피용이 자주 등장해 귀족들의 발치를 장식했다. 마리 앙투아네트의 개도 파피용의 변종인 팔렌이었고, 그녀와 함께 단두대로 올라갔다고 전해진다. 루이 15세의 애첩 마담 퐁파두르도 이 개를 매우 사랑했다.

개와 고양이 같은 동물은 특히 18세기 로코코 시대의 연애그림과 패션회화에 자주 등장한다. 개와 고양이는 연애편지를 쓰거나 받는 장면, 남녀가 서로 희롱하는 장면, 애인을 만나러 가기 위해 화장을 하는 장면, 남자 선생에게 피아노 레슨을 받는 장면, 침대 위에서 여가를 보내는 장면, 사랑을 고백하는 장면 등에 자주 등장한다. 동물들은 대략 화면 속 주인공의 심리 상태나 앞으로 벌어질 상황을 암시하는 경우가 많다.

프랑수아 부셰가 자기 부인을 모델로 그린 〈화장〉이라는 작품에서 고양이는 매우 흥미로운 상황의 대변자로 등장한다. 이 그림 속 가터를 매고 있

티치아노, 〈우르비노의 비너스〉
캔버스에 유채, 119.2×165.5cm, 1538년, 피렌체 우피치미술관

는 여자는 시녀의 도움을 받으며 외출 준비를 하고 있다. 여자의 가랑이 사이에서는 갈색 고양이가 실을 갖고 놀고 있다. 프랑스어에서 고양이는 '샤 Chat'이고, 여성의 성기는 '샤트Chatte, 작은 고양이'로 불린다. 여자의 두 다리 사이의 고양이는 그 자체로 여성의 성기를 상징하고, 작게 벌어진 고양이 입은 여성의 속치마와 치마의 프릴처럼 여성의 질을 연상시킨다. 부셰는 정부를 만나 나눌 사랑의 유희를 상상하면서 몹시 흥분해 있는 여자의 심리를 묘사한 것이리라. 그렇지만 사랑과 유혹은 언제나 그렇듯이 헝클어진 실타래처럼 복잡하고 혼란스러운 것이 아니겠는가.

19세기에 동물은 좀 더 극단적인 이미지로 드러난다. 대표적인 것은 아마 세기말적인 분위기에 적합한 고양이일 것이다. 티치아노의 비너스를 모티프로 제작된 에두아르 마네의 〈올랭피아〉가 그것이다. 이 그림에서는 개가 고양이로 바뀌어 있다. 몸을 돌돌 말아 잠을 자는 아이보리색 강아지가 꼿꼿하게 치켜세워진 꼬리를 가진 검은 고양이로 치환된 것. 그로써 성적 암시는 더 분명해졌다. 여자가 부끄러운 기색 없이 당당하고 도발적인 시선으로 관객을 정면으로 응시하는 것처럼 꼬리가 서 있는 고양이 역시 발기한 남성 성기를 상징한다. 이 여자의 능력을 말하는 것이리라.

이 그림은 또한 마네의 친구 샤를 보들레르의 〈고양이〉라는 시를 떠올리게 한다.

프랑수아 부셰, 〈화장〉
캔버스에 유채, 52.5×66.5cm, 1742년, 마드리드 티센보르네미서미술관

이리 오너라, 내 귀여운 나비야,

사랑하는 이 내 가슴에 발톱일랑 감추고

금속과 마노가 뒤섞인 아름다운 네 눈 속에

나를 푹 파묻게 해다오.

너의 머리와 부드러운 등을 내 손가락으로

한가로이 어루만질 때

전율하는 너의 몸을 만지는 즐거움에

내 손이 도취할 때

나는 마음속에서 내 여인을 보게 되는 것이다.

그녀의 눈매는 사랑스런 짐승

너의 눈처럼 아늑하고 차가워

투창처럼 자르고 뚫어

발끝에서 머리끝까지

미묘한 숨소리, 변덕스런 향기

그 갈색 육체를 감도는구나.

— 피에르 샤를 보들레르, 〈고양이〉

에두아르 마네, 〈올랭피아〉
캔버스에 유채, 130×190cm, 1863년, 파리 오르세미술관

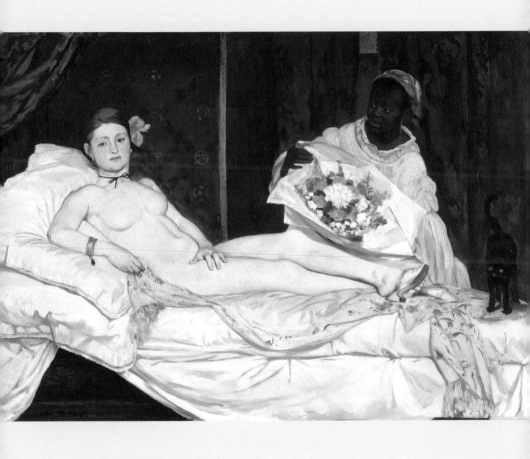

글에서 상상할 수 있듯 고양이는 여성, 그것도 여성의 성기를 빗대어 표현한 것이다. 여성의 성기와 고양이 모두 부드럽고 윤기 있는 털로 뒤덮여 있다. 보들레르에게 고양이는 평생 헌신을 다해 사랑했던 창녀 잔 뒤발을 포함해 자신을 유혹하는 탐욕과 위선과 잔인함을 내포한 팜파탈의 표상은 아니었을까.

희열

남 성 성 기 를 품 은 신 의 여 자 들

새와 함께 있는 벌거벗은 여자들이 수상하다. 서양미술 사에서는 유독 새와 함께 있는 여자들이 눈에 띈다. 새는 대부분 백조이고, 그 백조는 제우스가 변신한 것이다. 알다시피 제우스는 변신의 귀재다. 변신의 표면적인 이유는 조강지처인 헤라의 질투의 눈을 피해서 여자들을 몰래 만나야 했기 때문이다. 그러나 진짜 숨은 의도는 맞춤형 유혹법이라는 게 더 설득력이 있다. 제우스는 자신이 사랑을 느낀 여자들에게 다가갈 때 그들이 좋아할 만한 모습을 나름대로 열심히 궁리했다.

술시중을 들게 하기 위해 어린 가니메데를 납치할 때는 자신의 신조인 독수리로, 헤라를 꼬실 때는 비에 젖은 불쌍한 뻐꾸기로, 에우로페를 납치할 때는 황소로, 안티오페를 유혹할 때는 반인반수인 사티로스로, 칼리스토를 유혹할 때는 자신의 딸인 아르테미스로 변신하는가 하면, 다나에에게는 황금 비, 이오에게는 먹구름 등 무생물로 변신하기도 했다. 이런 모든 변신 중에서도 특별히 백조로 변해 레다를 꼬드기는 장면은 많은 화가들의 상상력을 자극했다. 압도적으로 많은 수의 회화와 조각이 남아 있는 것만 보아도 알 수 있다. 다빈치와 미켈란젤로와 같은 르네상스의 기장은 물론이고, 푸

생과 루벤스 같은 바로크 화가, 프랑수아 부셰와 폴 세잔에 이르기까지 부지기수다. 에로티시즘의 대상으로서 그만한 소재가 없었다는 말인데, 하필이면 새 중에서도 왜 백조였을까?

천상에서 늘 무료하고 심심했던 제우스는 지상세계는 뭐 재미난 일이 없나 하며 내려다보곤 했다. 어느 날 그는 에우로타스 강가에서 목욕하고 있는 여인을 발견하고 화들짝 놀란다. 당대 미녀로 명성이 자자했던 스파르타의 왕 틴타레우스의 아내 레다를 보고는 그만 사랑에 빠져버렸기 때문이다. 유혹의 달인 제우스는 몇 날 며칠 관찰한 결과 그녀가 강가에 자주 와 백조들과 어울려 논다는 사실을 간파했다. 헤라에게 들키지 않고 거사를 치르기 위해서는 변신만이 살길임을 몸소 체험해왔던 제우스는 이번에는 백조로 변하여 그녀에게 접근했다.

레다는 평상시처럼 백조인 줄 알고 백조로 변한 제우스를 안고 부드럽게 쓰다듬는다. 제우스는 그 틈을 타 거의 겁탈에 가까운 성교를 하게 되고, 레다는 제우스를 거부하지 않고 받아들인다. 이 일로 레다는 두 아이를 수태한다. 그리고 같은 날 밤 남편 틴타레우스와 동침, 또 다른 두 아이를 임신하게 된다. 결국 레다는 알을 낳았고 그 속에서 각각 남녀 쌍둥이, 즉 네 아이가 탄생했다. 신의 자손인 헬레네와 폴리데우케스, 인간의 자손인 카스토르와 클리타임네스트라가 그들이나. 그리고 태이난 네 아이 모두 역사에 이름

프랑수아 부셰, 〈레다와 백조〉
캔버스에 유채, 1741년

을 남겼다. 아비가 다른 두 아들은 후일 로마의 수호성인이 되었고, 딸 중 하나는 남편을 살해한 악녀로 유명세를 떨친 클리타임네스트라, 다른 딸은 트로이 전쟁의 도화선이 된 미녀 헬레네였다.

레다와 백조는 비단 화가들의 전유물이 아니었다. 아일랜드 시인 겸 극작가인 윌리엄 버틀러 예이츠William Butler Yeats는 〈레다와 백조〉라는 시를 썼다.

> 느닷없는 일격, 비틀거리는 소녀 위에
> 거대한 날개가 아직도 펄럭펄럭,
> 검은 물갈퀴로 그녀의 허벅지는 애무당하고,
> 부리에 목덜미를 잡힌다.
> 백조는 그녀의 여린 가슴을 제 가슴팍으로 껴안는다.
> 저 겁에 질린 힘없는 손가락으로 어찌 밀어낼 수 있으리,
> 풀려버린 허벅지에서 밀려오는 깃털에 휩싸인 환희를.
> 백색의 급습으로 눕혀진 몸뚱이가 누워진 그 자리에서
> 어찌 야릇한 심장의 고동을 느끼지 않을 수 있으랴?
> 하복부의 전율이 잉태한다.

(중략)

그렇게 꽉 붙잡힌 채,

그렇게 짐승 같은 하늘의 피에 정복당하여

여인은 그의 힘과 함께 그의 앎도 얻었던 것일까

무심한 부리가 그녀를 놓아주기 전에.

이 시는 불가항력의 에로틱한 무드에 빨려든 유부녀 레다를 절대 힐난할
수 없게 만든다. 이 시와 연결되는 수많은 에로틱한 회화와 조각들 중에서
는 교미하는 듯한 묘한 포즈의 레다와 백조가 압권이다. 튼실한 허벅지 사
이를 파고드는 백조의 깃털은 관람객의 촉각마저 예민하게 만들어버린다.
특히 레오나르도 다빈치의 작품 속 백조는 매우 부드럽고 우아한 이미지로
표현됐다. 레다만큼 크게 묘사된 백조는 한쪽 날개로 레다를 감싼 채 커다
란 목을 그녀의 귀 쪽으로 뻗어 사랑의 밀어를 속삭이는 듯하다. 제우스의
포옹에 수줍은 미소를 드러내며 고개를 옆으로 떨군 레다는 슬픔과 기쁨이
섞인 표정으로 갓 태어난 아이들을 바라보고 있다. 그도 그럴 것이 결말이
정해진 슬픈 사랑인 데다 다가올 미래에 대한 불안감이 더해진 것이리라.

백조는 제우스의 변신 가운데 가장 조형적으로 완결성 높은 피조물이 되
었다. 17세기 네덜란드 정물화에서도 사냥감을 그린 그림에서는 백조가 많
이 등장한다. 백조가 유럽의 물새 가운데 조형적으로 가장 아름답다고 여겨

졌기 때문이다. 예컨대 눈처럼 희고 깨끗한 깃털, 수면을 가르는 우아한 움직임, 당당한 몸짓 등이 가장 귀족적인 새로 보이게 했다는 것이다. 그런 백조가 죽은 사냥감 가운데 중심을 차지하면서 마치 〈십자가에서 내려지는 예수〉처럼 장엄하고 고상한 장면을 연상시키게 되었다. 또한 백조는 진지함과 순수함을 암시하는 한편, 고독과 음악과 시를 의미하기도 한다. 이로써 백조는 사랑과 신들을 상징하게 되었던 것이다.

오랫동안 매혹적인 소재가 되었던 〈레다와 백조〉 속 백조들은 가장 우아한 동시에 가장 에로틱한 모습으로 여자의 몸속으로 들어갈 준비를 마친 존재로 부각된다. 마치 발기한 남근처럼 휘어진 길고 굵은 목은 섹슈얼리티의 상징물로 보인다. 이 주제로 그려진 그림 중 가장 놀라운 작품은 18세기 로코코 시대의 대표적 화가 프랑수아 부셰의 것이다. 레즈비언을 상기시키는 두 여자와 함께 있는 백조를 그린 그림(1741년 작)도 도발적이지만, 푸른색 휘장이 쳐진 간이침대에 누워 있는 레다의 음부를 들여다보고 있는 백조를 그린 그림(1740년 작)은 거의 포르노에 가깝다. 서양미술사상 이처럼 야한 그림도 드물다.

그리고 나중에 알려지게 되었지만 이 음부를 드러낸 여자가 바로 루이 15세의 공식 애첩으로 '왕관 없는 여왕'으로 불리며 로코코 예술을 부흥시킨 마담 퐁파두르였다. 20년 가까이 왕의 측근으로 예술문화에 직극직인

레오나르도 다빈치의 작품 또는 제자들의 작품으로 추정, 〈레다와 백조〉
패널에 유채, 73.7×69.5cm, 1510년, 소실됨

후원을 했을 뿐 아니라 섭정까지 했던 여인 마담 퐁파두르. 퐁파두르는 왕의 애첩이 된다는 점성술사의 예언에 따라 유별난 어머니에 의해 왕의 여자로 길러진 존재다. 그녀는 왕의 측근과 정략적으로 결혼하고, 마침내는 왕의 눈에 띄어 그의 가장 오랜 연인으로 남는 데 성공한다. 퐁파두르에게 낙점된 루이 15세의 왕실 수석화가였던 부셰는 그녀를 아름다운 뮤즈, 계몽의 화신, 신화 속 아르테미스, 철학자 등 다양한 모습으로 묘사했지만 이렇게 적나라하게 성기를 노출한 여자로 그린 적은 없었다. 마담 퐁파두르는 그 작품 속 주인공이 자기인 줄 알았을까? 고개를 살짝 돌린 채 누워 있는 각도의 이 얼굴이 그녀라고 판단하는 데 얼마간의 시간이 필요할지도 모르지만, 그녀를 아는 사람들이라면 아마 금세 눈치챘을지도 모른다.

미술사 속 새의 형상은 비단 이렇게 적나라하게 드러나는 것만은 아니다. 다빈치는 〈성 안나와 성모자〉에서 성모마리아의 치맛자락에 양성체를 의미하는 독수리 형상을 그려 넣어 자신이 예수처럼 아비 없이 엄마가 홀로 낳은 자식이 되고 싶다는 원망을 표현하기도 했다. 프로이트는 '새처럼 행동한다'라는 의미의 독일어 'Vögeln'은 '성교하다'라는 의미의 영어 속어 'Fuck'에 해당한다며 이 작품을 분석하기도 했다. 아이가 태어나는 것을 새가 물어다 준다고 표현한 서양인의 속담처럼 새는 언제나 섹슈얼리티와 연결되는 상징적 이미지임에 틀림없다.

숭배

롤리타 콤플렉스, 억압된 영혼의 아름다움

서양미술사 속 그림 속에는 어린아이가 없다? 정확히 말해 아동의 초상화는 매우 드문 데다 아주 뒤늦게 등장했다. 귀족과 중산층 심지어 서민까지도 어린아이를 유모에게 맡겨 키웠기 때문에 아이에 대한 정이 적은 편이었다. 더불어 근대 이전까지는 유아 사망률도 높았기 때문에 아이를 그림으로 담아 기념할 일이 없었다. 그럼에도 왕족과 귀족 자제들의 초상화가 16세기 매너리즘 시대부터 등장하기 시작했고, 17세기에 와서 부부의 개념이 동반자적인 의미로 자리매김하면서 아이도 덩달아 중요해졌다. 오늘날과 같은 아동의 개념이 생긴 건 18세기 장 자크 루소의 아동교육론이 탄생한 이후라고 봐야 한다.

19세기 영국 빅토리아시대, 정확히 말하자면 1845년 은판사진이 발명된 이후 아이의 초상화는 사진으로 바뀐다. 특히 이 시대에 등장한 소녀 사진은 낯설고 매혹적이다. 바로 루이스 캐럴Lewis Carroll이 찍은 소녀 사진이 그것이다. 찰스 루트위지 도지슨Charles Lutwidge Dodgson이라는 본명을 가진 루이스 캐럴은《이상한 나라의 앨리스》라는 아동을 위한 환상소설을 쓴 수학자 겸 사진가였다. 그는 유아에서 소녀에 이르기까지 2,700여 점에 기꺼운 어

아돌프 윌리엄 부그로, 〈소녀〉
캔버스에 유채, 65.4×54.6cm, 1879년, 개인 소장

린아이들의 사진을 찍었다. 남자아이들은 거의 없고 대개 여자아이들이다. 그 사진의 내용을 보면 그가 다분히 롤리타 콤플렉스의 소유자였음을 알 수 있다.

루이스 캐럴은 어떤 사람이었기에 그런 기묘한 소녀 사진을 찍었을까? 영국 성공회 신부의 아들로 태어나 옥스퍼드대학교를 졸업한 캐럴은 원래는 수학 강사였다. 빅토리아 왕조의 시대정신을 그대로 보유한 전형적인 보수주의자였고 더할 나위 없이 성실한 사람이었다. 탁월한 유머감각의 소유자이자 예술에 대한 감수성을 지녔던 그는 라파엘전파의 화가이자 시인인 단테 가브리엘 로세티 등 당대 유명인사들과도 폭넓은 친분을 맺었다. 사실 캐럴은 볼거리의 후유증으로 난청이 심했고 지독한 말더듬이였다. 그래서인지 지나치게 수줍음이 많았고 소심했다. 아마 이런 신체적, 심리적 요인은 성인 여성과의 정상적인 연애와 관계 형성에 장애가 되었을 것이다.

캐럴이 진정으로 애정을 쏟았던 친구들은 어린아이, 특히 어린 소녀들이었다. 그는 사춘기 전 소녀들을 천사처럼 숭배했다. 그렇지만 사춘기가 되면 단호하게 결별했다. 캐럴은 어린 소녀를 데리고 여름 별장이 있는 바닷가로 소풍을 가곤 했다. 거기서 차도 마시고 식사도 했다. 취향이 까다로웠던 캐럴은 소녀 선정 기준도 특별했다. 우선 상류층 자제여야 했고, 예쁘고 가냘파야 했으며, 영특하고 활기가 있어야 했다. 소녀들도 그를 대단히 좋

루이스 캐럴, 〈구걸하는 소녀로 분한 앨리스〉
1858년

아했다. 풍부한 유머와 다양한 스토리텔링으로 소녀들을 재미있게 해주었기 때문이다. 사진사로도 명성이 자자했던 캐럴은 예쁜 옷을 입혀서 아이들을 촬영했고 누드를 찍기도 했다. 뜻밖에도 부모는 선뜻 응했다. 이 유별난 우정과 취향은 숱한 소문과 억측을 빚었고, 급기야 캐럴은 1880년 돌연 사진 촬영을 중단하는 용단을 내리기도 했다. 그 소녀 사진들이 롤리타 콤플렉스와 페도필리아를 환기했기 때문이다.

사실 빅토리아시대는 어떤 시대보다도 성적 억압이 극심했던 시기였다. 피아노의 다리도 외설스럽다 하여 레이스를 짠 신발을 신기던 시대였다. 더군다나 소녀의 이미지가 강박적일 정도로 순수의 상징이어야만 했던 시대였다. 이 시기의 미술에 자주 등장했던 어린아이의 누드는 때 묻지 않은 순수와 영감을 상징했다. 예컨대 아돌프 윌리엄 부그로Adolphe William Bouguereau 나 알렉상드르 카바넬Alexandre Cabanel 같은 신고전주의 화가의 그림 속 아이들이 그렇다.

루이스 캐럴의 소녀 작품은 기묘한 성적 뉘앙스를 가지고 있다. 십수 년 전 샌프란시스코현대미술관에서 열렸던 그의 회고전은 충격과 매혹을 동시에 느끼게 하기에 충분했다. 그의 사진 속에서는 캐럴이 특별히 사랑했던 소녀인《이상한 나라의 앨리스(이 동화도 앨리스 리들과의 대화에서 착상)》의 바로 그 앨리스 리들의 모습이 눈에 띈다. 사진을 보면《롤리타》의 저자

블라디미르 나보코프의 표현만큼 적절한 건 없어 보인다. 나보코프는 캐럴을 두고 "마치 무슨 먼지 나고 불쾌한 놀이라도 한 것처럼 몸은 지저분하고 옷을 반쯤 벗거나 덜 입고 있는, 이 멜랑콜리하거나 비쩍 마른 조그만 님펫 Nymphet, 성적으로 조숙하고 성적 매력을 지닌 열 살에서 열네 살 정도의 여자아이"과 함께하기 위한 책략을 쓰고 있다고 말했다. 이 책 이후로 더욱 유명해진 캐럴은 딸을 빌려주는 엄마를 구하는 데 그리 애먹을 필요가 없었다고 한다.

사실 빅토리아시대는 알려진 대로의 보수적인 시대정신과는 달리, 생리 전의 여자아이를 숭배하는 것이 유행처럼 번졌다. 아마 소녀는 아직 본격적인 타락을 경험하지도 않았고 모든 것이 애매하기 때문에 오히려 더 주목받을 만한 가치가 있다고 생각했던 것 같다. 빅토리아시대 사람들은 어린아이가 아직 어떠한 개성을 지닌 사람이 아니라 그 무엇으로도 변할 수 있는 가능성과 잠재성을 지닌 경계에 있는 존재이기 때문에 매력적이라고 생각했다. 더군다나 소녀들은 소년들보다 훨씬 자유로웠다. 소녀들은 그들의 오빠나 남동생보다 사회 경험이 적었고 그런 까닭에 더 보호받았다. 아이로니컬하게도 더 억압받았기 때문에 더 자유로웠다. 빅토리아시대 아동문학은 "아담의 피를 이어받은 모든 어린아이는 그 출생에서부터 근본적으로 타락해 있다"는 배경을 가지고 있었다. 그렇기에 유년기는 순수와 타락의 경계에서 모호한 시절을 보내는 시기라는 점이 매혹의 기제였다.

소녀들과 평생 순결한 관계를 유지한 루이스 캐럴은 성인 여성과 연애 한 번 하지 않고 독신으로 지냈다. 그는 일생 동안 성관계를 피했고 동정으로 죽었다고 전해진다. 지그문트 프로이트가 캐럴을 보았더라면, 그를 그저 성도착자로만 보지는 않았을 것이다. 프로이트는 신경증자는 물론이고 보통 사람들도 얼마간 유아성도착을 지닌다고 보았다. 아마 그는 성인 여성에 대한 두려움 때문에 작품을 통해 낭만적인 사랑을 하는 인물을 성도착자라고만은 볼 수 없다고 판단을 보류했을 것만 같다.

화가 발튀스Balthus 역시 기묘한 소녀의 이미지를 표현해 논란의 대상이 되었다. 한때 라이너 마리아 릴케의 연인이었던 어머니와 미술평론가인 아버지 사이에서 태어난 폴란드계 프랑스인 발튀스는 에로틱한 포즈의 사춘기 소녀와 고양이, 관음증이 녹아 있는 독특한 성적 취향을 묘사한 화가로 유명하다. 파블로 피카소는 자기 그림을 모방하는 그저 그런 작가보다 백 배 낫다며 그의 그림을 구입했다. 실제 발튀스는 자기 그림 속 주제처럼 어린 여성과 결혼했다. 일본을 동경하여 떠난 여행에서 무려 마흔 살이나 어린 세스코라는 일본 여성과 결혼한 것이다.

발튀스의 대표작인 〈기타 레슨〉에는 반쯤 벗은 소녀와 여자 선생이 그려져 있고 〈골든타임〉에는 반쯤 누워 거울을 보는 소녀와 장작불을 지피는 남성의 모습이 표현되었다. 이 작품 역시 외설 시비에서 자유롭지 못했다. 발

발튀스, 〈골든타임〉
캔버스에 유채, 1944년

튀스는 자신의 작품이 포르노도 아니며, 에로틱하지도 않다고 주장했다. 그는 단지 어린아이들의 섹슈얼리티는 다소 불안하고 불편할 수 있다는 사실을 다루고 있을 뿐이라고 말했다. 어른도 아이도 아닌, 어른으로의 첫걸음의 시기이자 어린아이의 끝인 단계, 이 모호하고 낯선 지점에서 핀 찰나의 꽃이 바로 롤리타가 아닐까!

은폐

살짝만 보여줘

영화 〈오만과 편견〉 속 주인공 엘리자베스(키이라 나이틀리)는 다아시의 집에 방문했다가 우연히 한 조각상을 보자마자 매료된다. 이 장면은 영화를 보는 관객들에게 이 조각품의 존재를 알리는 강렬한 순간이 되었다. 그녀가 한참 넋을 잃고 쳐다본 조각이 바로 라파엘 몬티Raffaelle Monti의 〈베일을 쓴 베스타〉라는 작품이다. 실제 이 작품은 영국 더비셔에 위치한 저택인 채스워스하우스Chatsworth House의 소장품이다. 베일과 주름 하나하나가 너무도 정교해 조각 작품에 가볍고 섬세한 베일을 씌워놓은 것처럼 착각하게 만들 정도다.

왜 사람들은 홀딱 벗은 아름다운 누드 조각상을 제쳐놓고 이런 '가린' 조각 작품에 매료되는 것일까? 베일을 벗겨버리고 싶은 인간의 욕망을 자극하기 때문일까? 실제를 능가할 만큼 세부묘사가 뛰어난 조각 작품이기 때문일까? 어쩌면 이 두 가지 요소가 모두 해당될 것 같다.

먼저 이런 뛰어난 묘사력을 보여준 최초의 한 작품, 그리고 살짝 가린 몸의 은밀함을 잘 보여주는 한 작품을 들라면, 단연코 고대 그리스 시대 때 만들어진 〈승리의 여신 니케〉다. 서양미술사에서 옷 주름을 드레이퍼리Drapery

라파엘 몬티, 〈베일을 쓴 베스타(화로의 여신)〉
대리석, 1848년, 더비셔 채스워스하우스

라고 부르는데 옷을 입었을 때 생기는 자연스럽게 흐르는 주름을 말한다. 한 장의 천을 몸에 감아 두른 착의법은 고대 서아시아에서도 볼 수 있었는데, 드레이퍼리의 아름다움을 발견하여 하나의 양식으로 완성한 것은 고대 그리스인들이다.

니케는 몸을 가렸지만 웬만한 노출보다 더 관능적으로 보인다. 드레이퍼리가 진화한 젖은 천 주름Wet Drapery 기법 덕분이다. 아무리 옷감이 얇다 한들 옷을 물에 적셔서 입지 않고서야 어찌 이리 몸에 착 달라붙을 수 있겠는가. 젖은 천처럼 몸에 찰싹 달라붙어, 몸과 천의 유기적인 관계를 묘사하는 기법으로 이만한 게 없다. 당시 그리스 사회에서는 남성의 몸을 노출하는 것은 귀족이라는 신분과 문명화의 표출이었지만, 여성의 나체를 표현하는 것은 금기시되었다. 따라서 여체의 아름다움을 직설적인 노출 없이 표현하기 위해 투명한 옷 주름을 만들어냈다. 이렇듯 자연스럽게 보이지만 결코 현실적이지 않은 이상적인 아름다움, 이것이 바로 그리스 고전 미술의 가장 중요한 특징 중 하나다.

젖은 천 주름 기법은 소강상태에 접어들었다가 18세기에 다시 훨씬 더 적극적으로 드러난다. 그것도 한두 작가가 아니라 비슷한 작품을 만드는 여러 조각가들이 등장했다. 특히 유혹적인 베일을 쓴 여인 조각의 효시는 안토니오 코라디니Antonio Corradini의 작품이 아닌가 싶다. 로고고 시대 베네치

작자 미상, 〈승리의 여신 니케〉
대리석, 높이 255cm(전체 높이 560cm), 기원전 190년, 파리 루브르박물관

아 출신의 조각가로 활동한 그는 독일, 빈, 나폴리 등지를 옮겨 다니며 작업했다. 열네 살에 조각가 안토니오 타르시아의 수련생으로 들어갔으며, 베일 쓴 대리석 조각, 그것도 아예 온몸과 얼굴에 통째로 베일을 쓴 여성 조각으로 유명해졌다. 뒤이어 19세기 신고전주의 조각가들인 라파엘 몬티, 조반니 스트라차Giovanni Strazza, 피에트로 로시Pietro Rossi, 조반니 마리아 벤조니Giovanni Maria Benzoni 등도 유사한 작품을 제작한다. 18세기에는 베일 쓴 조각에 대한 수요가 엄청났다. 조각이라는 장르가 가진 최선의 기술과 이상을 보여줄 수 있는 것이 드물기 때문일 것이다. 특히 조반니 벤조니에 의해 제작된 〈베일을 쓴 레베카〉는 대리석으로 만들 수 있는 기적적인 순간을 보여준다.

대리석은 화강암이나 다른 돌에 비해 아주 무르고 유연한 재료이다. 이런 조각품을 만드는 데 제격이다. 《구약성경》에 등장하는 이삭의 아내이자 야곱의 어머니인 레베카(리브가의 영어식 이름)는 흠잡을 데 없는 이상적인 여성이자 어머니상으로 알려져 있다. 《구약성경》에 따르면, 얼굴도 모르는 남자에게 시집을 가기 위해 집을 나선 리브가가 들판에서 마중 나온 이삭을 처음 만났을 때 베일로 자신을 가렸다고 전해진다(《창세기》 24절). 고대 갈리아인들이 베일을 쓴다는 것은 신부임을 증명하는 표시였다. 그러나 예술 작품 속 베일 쓴 여성들의 등장은 단지 수줍음과 정숙함을 의미하는 것만은

조반니 마리아 벤조니, 〈베일을 쓴 레베카〉
대리석

아니다. 아마 인간이 베일의 은폐성에 대한 호기심을 가진 유일한 피조물이라는 점, 성스러움을 섹슈얼리티와 연관시킬 줄 아는 심리적 메커니즘을 지닌 존재라는 점이 작용했을 것이다.

이 시대에 다시 베일을 쓴 조각이 대대적으로 만들어진 역사적 이유는 무엇일까? 우선 16세기 말부터 시작된 고대 그리스와 로마의 유적지 발견과 그 발굴로 인한 신고전주의 조각의 재조명이라는 시대적 패러다임이 작용했을 것이다. 그렇지만 고대적인 것의 모방이 강화될 때 부득이하게 따라오는 양상이 '장식성'이라는 요소다. 그러니까 고대의 것과 비슷하면서 그것을 뛰어넘는 어떤 것을 제작해내야 하는 부담감을 상쇄하기 위해 훨씬 더 정교하게 만들어내는 것이다. 따라서 이런 세밀한 형태의 베일과 옷 주름 양식이 수없이 제작되었던 것이리라.

그런데 지나친 모방은 반복적이고 진부한 예술, 즉 클리셰Cliché로부터 자유롭지 못하다. 다시 말해 고전이 지닌 '고귀한 단순과 고요한 위대'라는 개념을 모방하지만, 그 정신까지 수용하는 건 어렵고 형식만을 모사하게 되면서 테크닉과 장식성만이 과다한 작품으로 남게 된다. 이런 조각들이 갖는 딜레마인 것이다. 이들 작품 역시 기막히게 아름답고 우아하지만, 모방과 창조라는 아슬아슬한 경계에 매우 혼란스럽게 서 있다.

초현실주의 화가 르네 마그리트René Magritte는 베일을 쓴 두 명의 남녀가

키스하는 장면을 많이 그렸다. 마그리트는 왜 이렇게 많은 베일 작품을 만들었던 것일까? 그렇지만 그의 베일은 불투명해 얼굴 형태를 정교하게 노출하지 않는다. 마그리트의 '베일'에 대해 추측할 수 있는 한 가지 단서는 그것이 바로 유년 시절 어머니의 죽음에 대한 이미지에서 왔다는 것이다. 우울증을 앓던 그의 어머니는 어느 날 밤 강에 몸을 던져 스스로 생을 마감했다. 열세 살의 마그리트가 본 어머니의 마지막 모습은 잠옷으로 가려진 얼굴과 신발을 거꾸로 신은 몸이었다. 스스로 택한 죽음을 보지 않으려고 옷으로 얼굴을 덮었는지, 아니면 소용돌이치는 파도 때문에 얼굴이 속옷에 뒤덮였는지는 여전히 미스터리지만 말이다.

트라우마를 남긴 이 사건은 마그리트 작품에 자주 드러난다. 얼굴을 흰 천으로 뒤집어쓴 인물이 등장하는 〈연인〉 연작이 그 예다. 어머니에 대한 떠올리고 싶지 않은 마지막 기억을 시각화한 동시에, 당시 어머니의 죽음으로 한 번도 주목받지 못한 어린 소년이 '죽은 여인의 아들'로 세상에 소개된 사건을 형상화한 것이기도 하다.

그림 속 연인들은 아주 강력하게 서로를 빨아들일 듯 키스하고 있다. 그렇지만 진짜 살이 맞닿는 뜨겁고 깊은 키스(사랑)는 불가능하다. 그렇기 때문에 늘 아쉽고 아련하고 만족스럽지 못하다. 사실 사랑을 할 때 그 대상의 실체를, 본질을 사랑하기는 어렵다. 결국 인간은 어떤 대상에 베일을 씌워

르네 마그리트, 〈연인〉
캔버스에 유채, 54×73.4cm, 1928년, 뉴욕 현대미술관

자신의 환상을 사랑하는 것은 아닐까. 사랑을 유지하기 위해서 지속적으로 연기하는 것, 무Nothing인 걸 알기에 가능하면 환상을 오랫동안 유지하는 것! 사랑의 속성에 관한 이만한 비유는 없을 것 같다.

색욕

지배체제에 저항하는 주체적인 여성

　　'요정妖精'은 어리고 섹시하다는 이미지가 있다. 서양에
서는 요정을 님프Nymph라고 부르는데, 전설이나 동화에 많이 나오는 요사
스러운 정령 혹은 불가사의한 마력을 지닌 초자연적인 존재를 말한다. 님프
는 그리스어 님페Nymphe, 또는 늄페Numphe의 영어식 발음이다. 님프는 때로
복수로 '님파이'라고도 불린다. 님프는 혼자서가 아닌 떼 지어 몰려다니면
서 활동하는 경우가 많기 때문이다.

　님프들은 신화 속에서 일반적으로 어리고 예쁜 여자 모습을 하고 있고 춤
과 음악을 즐기는 명랑한 성격의 소유자이다. 님프들은 자연과 야성의 영역
을 관장하는 신들을 따라다니며 측근으로서의 역할을 수행하기도 한다. 인
간에게 해를 끼치는 경우도 있으나, 대개는 시인에게 영감을 주거나 예언
능력을 준다. 동시에 들에 꽃을 피게 하고, 목축을 돕기도 하며, 우물에 약효
를 주기도 하는 등 인간에게 호의적인 경우가 많다. 특히 님프의 거처라고
생각되는 동굴은 신성한 장소로 숭배되었다. 님프는 신은 아니지만 신격을
가지고 있으며 인간보다 훨씬 수명이 길다. 신화 속 님프들은 다양해서 주
로 사는 곳에 따라 명칭이 세분된다. 그리스인늘은 나이아데스(샘의 님프),

네레이데스(바다의 님프), 드리아데스(나무의 님프), 오레아데스(산의 님프), 레이모니아데스(목장의 님프) 등으로 분류하여 불렀다.

님프를 그린 그림의 주요 배경은 '물'이다. 그만큼 님프는 물과 떼려야 뗄 수 없는 사이다. 그리스 지역이 다도해지만 내륙지방엔 물이 부족해 물을 신성시했기 때문이다. 물이 귀한 지역에서는 샘물이든 호수이든 강물이든 바닷물이든 물이라면 모두 신선하고 순결하다고 생각했다. 게다가 물이야말로 가장 강력한 생명의 근원이다. 그래서 그들은 땅속이나 바위틈에서 솟는 싱싱한 샘물의 본체를 님프라고 상상했다. 숲과 나무를 배경으로 그릴 때에는 반드시 물을 함께 그렸다.

사실 님프는 숲 속을 여럿이 몰려다니며 자신들만의 폐쇄된 환경에서 지내는 숫처녀들이다. 그래서 외부인 특히 남성이 나타나면 도망치기에 바쁘다. 순결을 지켜야 하는 것이 그들의 본성이기 때문이다. 그런 까닭에 혹여 자신의 의지와 상관없이 강간을 당했다 하더라도 화를 면할 수 없었다. 순결을 잃은 자는 죽음을 면치 못한다는 규율 때문이다.

그렇지만 그런 님프들만 있는 것은 아니다. 님포Nympho가 의학적으로 여성 성기의 소음순 혹은 음핵을 뜻한다고 보았을 때, 님프는 분명 성애와 관련된 존재라고 상상할 수 있다. 몇몇 화가들은 남자로부터 도망치는 님프보다 남자들을 희롱하며 유혹하는 님프들을 더 많이 그렸다. 나르시스를 짝사랑하다 좌절한 에코, 헤르마프로디토스를 오매불망했던 살마키스, 오디세우스를 유혹했던 세이렌과 그를 붙잡아 자기 섬에 억류하여 살림을 차렸던 칼립소도 모두 님프들이다. 이처럼 님프들 중엔 신과 영웅들을 유혹했던 연애의 달인들이 많았다. 때로 님프들은 자신들이 사랑했던 남자 때문에 애달픈 상처와 고통의 주인공이 되기도 했다.

영국 라파엘전파의 화가 존 윌리엄 워터하우스는 〈힐라스와 님프들〉에서 님프가 연못가에 물 뜨러 온 미소년 힐라스Hylas의 손을 잡아당기는 장면을 그렸다. 그것도 한 명이 아니라 여러 명의 님프들이 힐라스를 유혹하고 있다. 연못에는 수련이 무수히 피어 있다. 불교적으로 연꽃은 진흙 속에서도 깨끗한 꽃이 피므로 속세에 물들지 않는 성인을 상징했다. 서양에서는 연꽃을 내세에 무한한 생명을 부여하는 재생의 상징으로 생각했고, 해가 뜰 때 꽃이 피고 해가 지면 꽃이 진다고 하여 태양숭배사상과 관련지어 이 꽃을 신성시하였다.

힐라스는 연꽃보다 아름다운 님프들에게 둘러싸여 제정신을 차릴 수 없는 듯 엉거주춤 물속으로 끌려들어가고 있다. 물은 강력한 성적 이미지를 드러낸다. 사실 힐라스는 헤라클레스가 드리오페스 땅의 왕 테이오다마스를 죽이고 데려온 왕자로, 헤라클레스가 반한 나머지 자기 시종으로 삼았던 미소년이다. 힐라스는 헤라클레스와 함께 위대한 영웅들이 보이는 아르

고스 원정대에 껴서 항해하다가 도중에 미시아섬에 들르게 되었다. 힐라스는 헤라클레스의 심부름으로 청동 물병을 들고 페가에라는 샘에 물을 뜨러 갔다. 물병을 샘물 속에 담그는 순간 그의 아름다운 모습에 반한 샘의 님프들이 목을 감아 물속으로 끌고 들어갔다. 님프들에게 납치된 힐라스는 영영 헤라클레스의 품으로 돌아오지 못했다. 이 일로 크게 상심한 헤라클레스는 힐라스를 찾기 위해 아르고스 원정대에서 중도 하차했다.

이후로도 힐라스의 행방은 찾을 수 없었는데, 이를 두고 고대 그리스의 페도필리아적 연인 관계의 자연스러운 결말이라고 보는 견해가 있다. 즉 당대의 동성애는 철인정치를 위해 역량 있는 젊은이를 키워내는 스폰서십으로, 힐라스는 육체적, 정신적, 철학적, 물질적으로 후원을 받아야 할 나이가 지났기 때문에 진정한 자기 사랑을 찾아 떠난 것으로 해석된다.

이 그림에서 흥미로운 사실이 하나 있다. 워터하우스는 님프들의 얼굴을 하나같이 똑같은 모습으로 그렸다. 그녀들이 모두 이 한 남자에게 동일한 마음을 품었다는 뜻일까? 이 소녀들은 어쩐지 롤리타를 연상시킨다. 그도 그럴 것이 의학적으로 섹스를 광적으로 밝히는 여자를 '님포마니아'라고 부른다. 님프와 마니아를 합친 말이다. 현대에선 섹스의 충동을 참지 못할 뿐만 아니라, 한 명의 애인으로 만족하지 못하고 여러 명의 애인을 두지 않고는 못 배기는 여성을 말한다.

존 윌리엄 워터하우스, 〈에코와 나르시스〉
캔버스에 유채, 109.2×189.2cm, 1903년, 리버풀미술관

이와 유사한 장면을 그린 또 다른 그림이 있다. 프랑스 신고전주의 화가 윌리엄 부그로가 그린 〈님프들과 사티로스〉다. 전령신 헤르메스와 샘과 호수의 님프 나이아드의 아들인 사티로스는 상체는 인간인데, 머리의 뿔과 하체는 염소의 모습이다. 통상 남성 색정광을 상징하기도 한다. 사티로스들은 디오니소스 숭배와 관계가 있으며 일반적으로 풍요로움을 상징한다. 술과 관능적 쾌락을 좋아하는 그들은 디오니소스 추종자들과 함께 춤추면서 디오니소스를 따라다니고 지팡이, 포도송이, 술잔 따위를 지니고 있다. 중세와 르네상스의 우화에서 사티로스의 이미지가 정욕과 연결된 것은 님프들을 쫓아다니는 특징 때문이며 사탄을 그릴 때 뿔과 염소 발굽을 그리는 것도 사티로스에게서 유래된 것이다.

통상 그림 속에서 사티로스들은 술에 취해 있거나 깊은 잠에 빠져 있기도 하고 님프들을 쫓아다니기도 한다. 그들은 님프들과 시시덕거리거나 냇가에서 목욕하는 님프들을 몰래 엿보는 모습으로 등장하곤 한다. 이는 때로 정욕이 순결을 이긴다는 의미를 나타내기도 한다. 그렇지만 부그로의 그림에서는 오히려 수적으로 우세한 님프들을 사티로스 한 명이 감당하지 못하고 있는 난감한 장면을 보여준다. 님프들의 쾌활하고 짓궂은 성격과 매력을 그대로 전하고 있다.

이런 그림들이 19세기 전반에 걸쳐 프랑스의 신고전주의 화가들과 영국

윌리엄 아돌프 부그로, 〈님프들과 사티로스〉
캔버스에 유채, 280×180cm, 1873년, 매사추세츠 클라크미술관

의 라파엘전파 화가들에 의해 자주 그려졌던 이유는 무엇일까? 당대 유럽 전역에서는 해가 지지 않는 나라의 원형을 만든 빅토리아 왕조의 성 문화와 그를 바탕으로 한 가치가 만연했다. 즉 보수적인 성 문화를 엄격한 도덕주의의 이상으로 만들고, 가족 이데올로기를 강요했다. 특히 부인이 남편과 관계할 때 옷을 벗는 것조차 허용되지 않았을 만큼 여성들에게 지나친 성적 계율과 정숙을 요구했다. 이런 성적 억압과 금기는 오히려 정교한 섹슈얼리티에의 관심을 촉발했다. 그리고 예술가들이야말로 지배체제에 저항하는 주체적인 여성의 관능을 강력하게 제기하는 그림을 은밀히 그려낼 수 있는 유일한 특권을 가진 자들이 되었다.

독립

청혼하는 여자, 기다리는 여자. 누가 더 매력적인가?

"제가 먼저 청혼했어요!" 남자가 청혼하도록 만드는 여자보다 자신이 먼저 청혼했다고 고백하는 여자를 보면 참으로 기분이 호쾌해진다. 황진이는 마음에 드는 남자에게 먼저 프러포즈할 줄 알았던 여장부였다. 당대 명창이던 선전관 이사종의 노래 실력에 반한 황진이는 그에게 접근했고 동거를 요청했다.

황진이는 먼저 "당신과는 마땅히 6년을 같이 살아야겠다"고 말한다. 3년은 남자 집에서, 나머지 3년은 자기 집에서 말이다. 그녀는 다음 날 자기 집 재산 가운데에서 3년 동안 먹고 지낼 재산을 이사종의 집으로 옮긴다. 이렇게 황진이는 남자의 부모와 식솔 등 집안 살림 일체를 돌볼 경비를 마련한 뒤, 손수 혼례복을 지어 입고 첩며느리의 예식을 다하였다. 남자 집의 도움도 마다했다. 이렇게 3년이 흘렀다. 이제는 처음 약속대로 이사종이 황진이 일가를 먹여 살릴 차례가 되었다. 이사종 역시 황진이가 한 것처럼 정성을 다하여 갚았다. 다시 3년이 흘렀다. 황진이는 "이제 마침내 약속의 만기가 되었다"고 말하곤 미련도 없이 떠나갔다.

그리스 신화 속에서도 황진이 같은 인물이 있다. 바로 칼립소. 두 여성 모

아돌프 윌리엄 부그로, 〈페넬로페〉
캔버스에 유채, 160×100cm, 1891년, 매사추세츠 미드박물관

두 빼어난 미모를 가졌다고 하나, 그보다는 반짝이는 언어 능력, 즉 레토릭에 근간한 스토리텔링의 마술사들이었던 것으로 추정된다. 둘 다 다방면에 걸친 지식과 문학적 자질, 찰진 언변을 자랑했다. 황진이가 읊던 시가에 당대 '잘나가던' 오빠들이 모두 그녀 앞에 무릎을 꿇었던 것처럼 칼립소의 노래 또한 아주 매혹적이었다. 그녀의 노래가 울려 퍼지면 신들조차 그 노래의 아름다움에 현혹되었다. 게다가 칼립소도 황진이가 그랬던 것처럼 오디세우스에게 같이 살자고 온갖 계략으로 졸라댔다.

아틀라스의 딸인 님프 칼립소는 호메로스가 '바다의 중심'이라고 불렀던 오기기아섬에서 살고 있었다. 오디세우스가 자는 동안 트리나키에섬에 있던 수행원들은 배고픔에 시달린 나머지 태양신 헬리오스의 가축들 중에서도 가장 뛰어난 동물들을 도살하여 잡아먹었다. 화가 난 제우스가 악행을 처단하기 위해 번갯불로 오디세우스의 배를 박살냈고, 수행원들은 모두 익사했다. 오디세우스 혼자만이 폭풍을 만나 아흐레 동안 표류하다가 칼립소의 섬인 오기기아섬에 닿게 되었다.

칼립소는 필멸의 인간인 오디세우스를 돌보고 사랑했다. 이타케의 왕인 그가 자신의 남편이 되어 영원히 함께 살기를 원했던 것. 그녀는 그에게 영원히 죽지 않는 불사신으로 만들어주겠다고 약속하는 등 호감을 얻으려고 온갖 술수를 다 부렸다. 그렇지만 오디세우스는 밤이 오면 그녀와 함께 잠

아르놀트 뵈클린Arnold Böcklin, 〈칼립소와 오디세우스〉
캔버스에 유채, 104×150cm, 1883년, 바젤 시립미술관

을 잤지만, 낮이 되면 아내와 고향을 그리워하면서 매일 해변을 서성였다. 칼립소의 섬에는 배라고는 한 척도 없고, 수행원들은 모두 죽었기 때문에 오디세우스는 아무것도 할 수가 없었다. 그렇게 그는 7년 동안 그 섬에서 살았다. 사랑하는 두 사람이 서로에게 전적으로 속할 수 있고, 영원히 서로를 즐길 수도 있는, 세상과 절연한 이 아름다운 섬은 오디세우스에게는 더없이 부담스럽게 느껴졌다. 오디세우스에게 칼립소의 사랑은 일방적인 것이었고 그는 그녀를 떠나고 싶어 했다.

제우스는 사자 헤르메스를 보내 영웅의 운명이 그녀와 함께 있는 것이 아니라 조국으로 귀환해야 하는 것이기 때문에 그를 보내주어야 한다고 말한다. 칼립소는 제우스의 명령을 남성 신들의 질투라고 생각했다. 남성 신들은 늘 인간 여자들과 즐기면서, 여신들(님프도 반半신이다)이 인간 남자를 사랑하면 그것을 질투하여 훼방한다. 하지만 누구도 제우스의 계획을 거스를 수는 없는 노릇이니 보내주겠다고 다짐한다. 칼립소는 7년 동안 그에게 구애했고 그와 동거했지만 마음은 조강지처한테 가 있던 오디세우스를 마지막으로 목욕시켜 좋은 옷을 입히고 식량을 갖춰 떠나보낸다. 기꺼이 순풍을 보내어 남자를 떠나보냈던 것이다. 우리도 칼립소처럼 자기 사랑을 거부한 남자를 짐까지 바리바리 싸주며 쿨하게 떠나보낼 수 있을까?

서양미술사 속 칼립소는 바다와 동굴을 배경으로 유혹적인 포즈를 취히

존 윌리엄 워터하우스, 〈페넬로페와 구혼자들〉
캔버스에 유채, 130×188cm, 1912년, 애버딘미술관

고 있으나, 대부분 외로운 모습으로 느껴진다. 반면 오디세우스는 칼립소와 함께 있는 모습이되, 그녀를 품고 있거나 바다를 바라보는 뒷모습으로 자주 그려진다. 두 사람 사이의 어쩔 수 없는 고립과 분리가 느껴지는 이미지로 드러난다.

　그렇다면 반대로 오디세우스의 조강지처인 페넬로페는 어떻게 20년 동안 지조를 지켜가며 남편을 기다릴 수 있었을까? 그런 까닭에 페넬로페는 남성들의 이상 속 여성상으로 구현된다. 오디세우스가 없는 동안 그녀는 아주 거칠고 어려운 시절을 보내야 했다. 오디세우스가 돌아오지 않기를 바라는 뻔뻔한 구혼자들이 그녀에게 끊임없이 구애했다. 인근 섬의 왕들은 페넬로페를 찾아와 오디세우스가 죽었으니 자신과 살자며 페넬로페에게 줄기차게 청혼했다. 뛰어난 미모를 지녔지만 마흔 살 정도가 된 페넬로페에게는 여전히 구혼자가 끊이질 않았다. 이 상황은 무엇을 의미하는가? 아마 남성들이 노린 건 페넬로페의 재산과 지위였을 것이다. 사실 그녀를 욕망한다는 건 단순하지 않다. 어쩌면 페넬로페라는 여성 안에는 가족과 재산, 결혼, 그리고 조국과 결부되는 모든 것이 통합되어 있었기 때문이리라.

　칼립소와는 전혀 다른 인물로 보이는 페넬로페는 어떤 여자인가? 그녀는 진정 남편만 기다리는 순종적인 여자인가? 사실 그녀 역시 칼립소와는 다른 종류의 욕망과 허영을 지닌 여자였다. 페넬로페는 나름대로의 전략과 전술로 백여 명의 남자들을 관리하고 있었다. 영리하고 총명했던 페넬로페는 남편에 대한 정절을 지키기 위해 시아버지 라에르테스의 대형 수의를 모두 짠 뒤에야 결혼할 작정이라고 구혼자들에게 발표했다. 그리고 전날에 짰던 수의를 매일 밤마다 풀어 완성 날짜를 계속 뒤로 미루었다. 이런 꾀는 6년 동안 지속되었지만 결국 발각되었다. 왕비의 계략을 알아챈 구혼자들은 이제는 결정을 내리라고 종용했다. 심각한 논쟁이 벌어질 무렵 늙은 거지로 변장한 오디세우스가 귀향한다. 오디세우스는 아들 텔레마코스와 노인 에우마이오스의 도움을 얻어 구혼자들을 모두 죽였다. 결국 그는 페넬로페와 해후하게 된다.

그림 속에서 페넬로페는 베틀 앞에서 수심에 가득 찬 얼굴로 수의를 짜는 모습으로 많이 표현되었다. 구혼자들과 함께 있거나 이타케로 돌아온 오디세우스와 만나는 장면을 그린 것도 있다. 거의 모든 페넬로페는 무표정하거나 신산스럽고, 정적이 감도는 모습으로 드러난다. 남성 화가들에 의해 만들어진 페넬로페의 이런 모습을 보면, 남성들도 그녀의 삶에 동정과 연민을 보내고 있는 것처럼 느껴진다.

정절 있는 여인의 원형이 된 페넬로페보다도 오디세우스를 자기 섬의 포로로 붙잡아두었던 칼립소가 훨씬 더 우리의 흥미를 돋우는 까닭은 무엇일까? 페넬로페는 방랑벽을 주체하지 못하는 남편 오디세우스가 무릉도원에서 세상의 모든 쾌락을 맛보는 동안 베틀의 천을 짰다 풀었다를 반복하며 구혼자들을 물리치고 하염없이 남편이 돌아오기만을 기다렸을 뿐이다. 그렇지만 칼립소는 열정을 다해 사랑했고, 실연으로 상처와 절망을 겪었지만 포기할 줄 아는 미덕까지 지녔다. 자기 사랑의 주체가 된 칼립소의 후회 없는 사랑에 어찌 감읍하지 않으랴. 자발적이며 독립적인 여자들은 절대로 서성거리며 기다리고 있지만은 않는다. 스마트폰이 울리기를 기다리기만 해서는 아무 데도 갈 수 없다. 스스로 집세를 낼 수 있는 여자들은 더 이상 착하게 굴어야 할 필요가 없다.

"착한 여자는 천국에 가지만, 나쁜 여자는 아무 데나 간다."

그림 속 속살에 매혹되다

나쁜 그림

초판 1쇄   2017년 9월 29일
초판 4쇄   2019년 10월 10일

지은이   유경희
책임편집   정혜재
마케팅   김선미 김형진 이진희

펴낸곳 매경출판㈜   **펴낸이** 전호림
등록 2003년 4월 24일(No. 2-3759)
주소 (04557) 서울시 중구 충무로 2 (필동1가) 매일경제 별관 2층 매경출판㈜
홈페이지 www.mkbook.co.kr
전화 02)2000 2641(기획편집) 02)2000-2636(마케팅) 02)2000-2606(구입 문의)
팩스 02)2000-2609   **이메일** publish@mk.co.kr
인쇄·제본 ㈜M-print 031)8071-0961
ISBN 979-11-5542-716-3(03810)